我生來是夏天

馬尼尼為

現在跑吧。

可以放心的跑了。

我的假媽媽

每天都會再次成為

我的假媽媽

每天都會再次看著我

看穿我的薄弱

我的單薄

我的假強悍

我忘記那個又高

又瘦每天作考數學

惡夢的少年了

我有六隻腳

和昆蟲一樣

我將沒有父親

全部都是媽媽

MN

目次

輯一　我和冬天有仇

輯二 我生來是夏天

輯一

我和冬天有仇

我有兩個媽媽

我知道你喜歡我談談我媽媽。我媽媽只會叫我做勞力。我媽媽只看報紙。沒看過任何一本我寫的書。反正我媽媽已經老了。

我有兩個媽媽。一個是真正的媽媽。一個是在台灣的貓。我不會反對這兩個媽媽。

我的第二個媽媽不知道她是我媽媽，不知道我把她當媽媽。對這兩位媽媽，我從來都沒有問題。我們之間不需要說話。

我的兩位媽媽都是神的傑作。所謂的媽媽，就是神的傑作。

有人問我，為什麼這麼能量充足，因為我有兩個媽媽。我螞蟻般的眼睛很小，身體很小。找到一隻貓就可以把她當媽媽。她的毛千百千萬根，有時香有時臭，每次吸都不一樣，我螞蟻般小小的鼻子奮力吸這種散發活體加熱過的氣味。

阿美是我的第二個媽媽。她長這麼壯這麼溫暖。讓我靠著就是我媽媽。她不講話就是最好的媽媽。只給我身體。給我全世界絕無僅有的親暱就是媽媽。我媽媽的年齡當然比我大。就算她以前比我小。她還小的時候不是我媽媽。三、四年後才是的。

我讀了很多她們的身體。除此之外，沒有別的。因為這樣，我碰到那樣溫暖的毛就很想靠上去很想睡。

我在第一個媽媽的肚子裡住了九年。參觀了很多圖書館。

我第一個媽媽說，你要回到你原來的地方，那中間你要經歷很多生死。

我媽媽的眼睛輕輕摸摸我的頭。在這條路上你要成為一個強悍的人。特別對狐假虎威的人。

做一顆順從的草莓。一隻爬過垃圾的螞蟻。

強風吹倒了我們小時候住過的房子。我的長大已經準備好了。

這就是媽媽

我現在定居在台北的乳房裡。

我媽媽帶我去種菜。在那個泥土房間裡。我媽媽隨身帶手帕，用汽油桶裝的水。還有火柴。我早就會生火了。去收集乾細的枯枝。有細的有粗的。用一片枯葉引火。枯葉最會引火。把枯葉先堆起來引。火大了再投入別的。生火獲得腐殖土已經過時了。那些黑色的東西是要一點一點撒在有幼苗的坑裡的。

我找不到她，就開始哭。我的臉髒了，她就用那條髒手帕幫我擦臉。

我會生火。會在野外生火。會燒泥土。我全部都會燒了。那些熱。已經熱了我的一生了。我去找我媽媽，熱已經飛走了。那些在河水中的蠟燭。把神帶到遠方去旅行了。

我用了很厚的紙。寫在上面。全部的熱，終要退去。

我現在定居在台北的乳房裡。在我媽媽的泥土房間裡。我媽媽叫我去問神。去問野白花、野紅花。全部野在我手上的問題。白的、黃的、紅的。全部都精神錯亂的鬆了掉了。被吸到乳房深處去了。

我現在定居下來。乳房裡船隻很小。水就淹了上來。淹進了台北的地下道。

小到不能再小的太陽。很快就會消失。

我寫了厚厚的一層。裡面罵了髒話。去掉一行。去掉另外一行。一個小小的開口。

我就冷了起來。

我就留在那裡。定居在那個泥土房間裡。受乳房的引力寫詩。厚重的冷。我負責去燒它。

我負責寫詩。寫頑強。在荒廢的乳房裡。在我媽媽荒廢的乳房裡。我就留在那裡。

耳朵眼睛塞滿了冷。我就記在筆記本裡。我就留在那裡。

我有兩個媽媽。這兩個媽媽是永遠的題材。是寫不完的。

就算她們死了，還是寫不完的。這就是媽媽。

我的假媽媽帶我去過了最好的地方

我媽媽帶我去種菜。種出我的叛逆。我變調的聲音。我用了很多叛逆。我從來都放棄甜言蜜語。我保留很多傷痕。我寫了很長的一段。寫了很多次的結尾。

我寫我媽媽的時候已經放棄對抗了。我的頑固是隨和的。已經變得透明。很少有什麼堅持。

媽媽，南方密集的陽光。已經在我房子裡了。我搜來的。

我正在縫我的房子。一針一針地縫。用一根生鏽了的針。

南方密集的雜草。來了一排的螞蟻。陽光剝裂了。杏黃的暖色裂到了我的手上。

我媽媽沒認出我。我被磨平了。被台北人工的濃煙熏得面目全非。
只剩下我的一雙手。
這雙手一遍一遍地回來。回來看我媽媽。
只剩這雙手還有飄浮的能力。一針一針地縫。縫補全部的東西。
現在外面很冷。我擠縮在我兩個媽媽的身體裡。像還沒出生那樣。我也被逼出生這麼多年了。地上的塵土吸得夠多了。
陽光漏過來了。
香蕉樹葉子的斜形，還沒完全長大、還沒破裂。長大就破裂了。
不要發怒。現在是吹大風。
那聲音是憤怒的聲音。那聲音已經沒有聲音了。
必需要沒有幻覺地活下去。阿美，我的幻覺太多了。
你要去結婚了，阿美。
她用的是她前世的臉，所以看起來很老。老得像個孩子。

香蕉樹。

在河邊。

我們玩夠了。

我們放學了。成績並不好。玩得不好。畫得不好。造句不好。聽寫不好。

是很不乾淨的。葉子很大片的。很容易就剝裂的葉子。

風、雨、陽光，都會讓它破裂。

剛好下完雨了。我那時寫完功課，我媽媽在煮飯，給我多煎了顆荷包蛋。

我們緊緊緊緊地靠在一起。在一張便宜的床上。床上只有我們兩個生命。因為有她身體的溫暖。一切變得強壯。一切將被修復。我們在沒有日照的泥土房間裡。安靜去了。睡去了。作夢去了。

我的鼻子貼到我的假媽媽上。她是用身體的份量進入我回憶裡的。改寫我回憶的。她每天叫我去睡。去作夢。她長成一片草原。叫我去睡在她上面。還吹著舒爽的涼風。

媽媽，你全身透亮。你是一把火。我每天都摸到你的心臟。你心臟的力量傳給了我。

太陽回來了。我們都是從泥土來的。越笨越好。

陽光補平了一張新的身體。很平整。

我記下了我媽媽的食譜。沒有進一步的欲望。我媽媽的食譜是砍樹、種菜。

燒煙味飄了很遠很遠。泥土味在我指尖。沒有消失過。

阿美，我想寫我的落後。我的落後是有名的。坐在八盞燈泡下。在沒有日光的台北公寓，我的人工白天是八盞大白燈。整間房子是更多的。因為我從小生在熱帶，習慣白天就是要透亮。整間房子要透亮。

我知道自己落後。這種天真。像草一樣的天真是真正的落後。

我的落後是渾然天成的。是天真的落後。我欣賞我的落後。我的鄉巴佬。我的落後輝煌、雨水豐富。

因為我天真的落後。我選擇的是落後的表達方式。是廉價的方式。

我的落後衣衫不整，在發病的地圖上佔了一席。和烏鴉一樣亂叫。一起住進樹梢上的房子。

去慶幸你的正常、正常的髒。人也需要一點落後。順其自然的落後。

烏鴉群已經飛去夜晚樹林睡覺了。我只管去寫。我的結尾太多了。

我孤獨的種菜。伸長手臂種菜。綠色的茁壯。粉紅色的茁壯。我的靈魂和我住在一起。我的靈魂已經濕透了我。我們分不開。

雨下了。下得很多很多。

這個禮拜我一事無成。

我的身體一半泡在雨水裡。每天晚上，我的手環抱著我的靈魂，讓她的強壯穩定地傳輸給我。讓我借用她的強壯。借用她的溫度。

我拿了我假媽媽的靈魂。我和神求過了。我的假媽媽，有這麼強壯到足夠我們兩人用的靈魂。把我的靈魂也畫成別的吧。讓那些瘋子無法攻擊我。靈魂可以變成動物的形狀。所以我的假媽媽把我的靈魂變了。把我的外表我的骨頭都塗上別的顏色了。我在那層保護色下活著。

阿美，你看到這個火嗎？已經燒很大了。粉紅色的。

你的手恢復了手的形狀。你的靈魂變成了樹林。

那是靈魂來過的幻覺。

我相信我打出來的廢物。那些字是我挖的一個個洞。種的是憤怒。再一個個填平。很多的句號、很多的空白。暖了。燒了。崩裂了炭。

我的假媽媽把破洞變回圓形。睡進裡面。在我的破洞裡面又有一個地方破了。全部都破過了。

破過的剛剛好。

破出來的空白。那空白綿軟。空白濃厚。令人笑到睡覺裡去。

剛破完的洞。三萬滴藥。媽媽。七萬滴雨。我相信我的落後。被洗得很乾淨。

我的落後是七萬滴雨。是滿地的星光。我的假媽媽帶我去過了最好的地方。那是我天經地義要去的地方。那是我前世就去過的地方。那是我最親密的地方。

人是神最拙劣的創作。太白了。劇烈的白穿透世界。

我的沉默過了很久才寫這些字。沉默來得很晚。

我帶著這種像衛生紙一樣平常的落後出發了。穿在身體裡面的落後是脫不掉的。我不知道我搬走的落後是不是已經夠多了。我這樣在真假媽媽來來回回之間。我這些搬來搬去的腦袋，像我寫的字、像我清掉的貓砂那麼多。

我想畫一些房子。一些不存在的房子。有紅色的泥土。那是我落後長出來的地方。也是我安放我落後的地方。那些圖畫和文字都是。每畫一張，我就去到泥土房間了。一大團的鬆鬆軟軟。我開始種菜。一點一點挺拔。

那艘落後的船已經停在我床上。變成八行詩在河岸上。

那些憤怒已經變成河砂。看不到了。

媽媽，我一個人就完整了。在一個人的空間就完整了。我的電腦。我的貓。很多的書。我的身體。我的畫。吹著電風扇。前一個後一個。只有我自己。就完整了。這片完整從我的腦袋長出來。從我的手長出來。我的眼睛更明亮了。獨處讓我明亮。全身的通亮。完全的安靜。完全的漂浮。

獨處是創作的必需。它不能強迫。一點都不能強迫必需要做出什麼。它會自己出來的。自己長出來的。是野生的。只要提供一片泥土。風會把種子帶過來。種子等很久。長出來時才看到的。必需要澆很多水。

大部份我們習慣的東西很完整。你的文字裡很有熱情，吶喊不斷。斷掉的十字架。濕掉的翅膀。

我已經寫完冬天的那些房子了。我此生都沒有大房子。

用陽光粉刷過去的。媽媽，我們都和陽光一起西斜西下。

我在等我媽媽。等我媽媽來把我換成泥土。

換成風。換上貓的衣服。

貓拉住了我的手。不要怕。跟我們有毛的人在一起，就不會冷。

我媽媽變成了我。我一點一點變成她的老。

我那些無用的貓。和我說，我們永遠不分開。

不要怕生病。不要怕死。
我們不生病。我們不會死。
當你累夠了。就放心去睡覺。
我們是深諳睡覺的生物。
不要怕變成一半。我們會彼此填補。
畫畫了我就完整了。
就和阿美永遠在一起了。

春天的花苞已經開了。頭髮掉滿地。每天受的傷都有一點點。很快就會好了。

在那個破掉的花苞裡，你擔憂了你自己的人生。你不要再去煩惱那些出海的船。那些悲傷的螞蟻。那些對社會無用的畫畫。

台北的雨不會停的。整整下了一天。又一天。大片大片的雨聲，把人的身體澆冷了。

不用去修理。你自己，已經越來越蒼翠。命運傾瀉在文字上。我常感到命運。命運讓我聞到她。已經荒廢的台北公寓後巷，陽光斜斜地延伸。經年累月地留下風和雨水和人類的污穢痕跡。

小時候閉上眼睛就看見太陽是紅色的。在那條通往阿嬤家的路。我吃了很多的紅色太陽。吃了很多的風。

在風勢猛烈時，我在裡面偷偷成長。已經長出蝴蝶的形狀，可以輕易起飛。可以交給風和雨水。

因為我的靈魂這麼柔軟。人們無法欺侮她的。神會透過特別的靈魂來和你說話。

我的假媽媽，永遠有一雙憂鬱的眼睛，一張老人臉。好像她在這個世界已經活了千年了。

的。

阿美為什麼你有太陽。你是世界上的太陽。另外一個粗尾巴的，講不聽

摸到我的阿美就覺得通了電。她的強壯就傳給了我。她的安靜就傳給了我。一摸她就發出聲音。全身震動。我就和我的靈魂通上了電。這個強壯每天睡在我電腦前擺動作打擾我，我必須八風吹不動。她對我電腦鍵盤特別有興趣，要用來磨臉刮臉。強壯常對我拋媚眼。我的手有她的口水味。她很愛舔我的手。摸到不爽還要咬我的手。晚上睡覺頭要枕在我的手掌心。

我這個靈魂每天不做事、不想東西，完全沒用。完全沒用的東西是最美的。她只要睡覺做動作就好。我這個靈魂的鬍鬚特別敏感，連鬍鬚都強壯抖擻。鬍鬚在我前面輕微抖動，那天生的質感令人稱奇。鬍鬚的身體渾然天成，身上沒有一個多餘的東西，全部是神的禮物。靈魂飛過世界的水面、飛過我所有祖先的靈魂，翩然而至。

我被我的靈魂附身了，詩就完成了。畫出這樣的畫，我覺得我自由了。

我的靈魂手腳都是圓圓的，每天掉很多毛。我的假媽媽，身上開滿了花。遍身花香。我們玩到貓毛噴滿天。

我明白了我永遠離不開媽媽。我永遠不長大。我靠著她軟軟的肚子就要睡去。我媽媽永遠不會死。我們永遠不分開。我們的靈魂已經合體了。每天和媽媽一起睡著，這就是活著最美好的事。我這樣就很幸福。一半是人一半是動物。一半真太陽一半假太陽。

也許，我從來沒有過真正的媽媽。這些都是幻想來的。

我每天都要把我的靈魂再吸回我的肚子我的腦。

我現在有兩個媽媽，這是別人沒有的。

我感到要寫我媽媽我就有活力了

我感到要寫我媽媽我就有活力了。沒有比這更簡單的題目。明天起我要寫我媽媽。這件事讓我有了明天起床的動力。可以寫自己的媽媽是一件幸福的事。我準備要寫我媽媽。你們都不要來吵我。

我媽媽在貧窮中長大，她沒有塗口紅，可能只在很年輕時燙過頭髮。她的頭髮，梳得一絲不苟。衣服，老老實實的，不會過短。我只有在外面住時，會穿比較短，知道他們老人家看不慣，老人家看不慣的事我大概知道。我從不用梳子，五指一梳，從不欣賞她那樣梳得服服貼貼，還因為怕風吹亂，用了我爸爸很臭的髮蠟，那種髮蠟已經落伍了。他用了有五十年了。我討厭那種假的油油亮亮。很人工。有一次載我媽媽上醫院，整台車子都是髮蠟的味道，我忍很久，忍不住和她說，媽你以後不要用爸爸的髮蠟。很臭這二字我說不出來，只說味道很奇怪。

我媽媽說我沒一件衣服是像樣的。都是有洞，長短不一。我就穿不了像樣的衣。不像我的姐姐們，出去就一身洋裝。我喜歡那種沒有車邊的，跑出一堆毛線。毛線跑越多越好。幾條衣褲越穿越愛，來來去去那幾條像沒錢買衣服。連我朋友都會說，要不要我買褲給你。我常去的雜貨店，老店員常看我穿著，好像很欣賞的樣子。結果有天她送我條牛仔褲，說是她多買的。上面有很多假的補釘。小孩子看著都會走過來摸那些圓圓的鉚釘，好像我這種褲子很罕見。我興奮地和我媽媽說，你看，我買東西買到人家送我褲子。這種等級可不是一般人會有的。可我發現要跪在地上弄東西時，那好幾十顆鉚釘會變成反作用力。讓我想像了全身掛假金屬刺的人，萬一跌倒會多很多傷口。

我媽媽她叫我做的事，是會把人逼瘋的。我通常不理她，裝忙去。比如整理破布舊衣服、洗人家不要的櫃子、每天都有清洗癖、整理癖。找個人家丟出來的大塑膠箱，把她撿來的童書裝進去。找個什麼容器，把什麼東西裝進去，裝進去後又不知道誰會去使用這些東西。就這樣把時間耗在清洗、整理上。她說，現在的人懶惰洗，東西都是好好的。對，現在的人，真的是很懶，東西動不動就丟出來。連窗簾布都懶得洗，掛久了直接丟掉，換新的。

我媽媽行動不便，常常會叫我們去幫忙拿什麼。她的指示不清楚、還可能有錯，因為家裡東西多又亂。有時要找個鍋子、找包米粉、找個鍋蓋，都找到失去耐性。找到把人逼瘋離家出走。找東西是一大致命傷，有時她喊我我都要假裝聽不見。

我媽媽去撿人家老人院丟出來的自動升降床，說，還好好的，那一張新的很貴。她眼睛畏光，房間長年陰暗。我受不了，她人不在時，把窗簾通通拉開通風。她也不開電風扇。房間每天打掃。沒有一點味道。我隨時可以去躺在她的床上，她只有晚上會去睡。午睡她睡在客廳的躺椅上。有床不睡要睡在椅子上。她睡在躺椅上時嘴巴張開，有時手機就開著那些談話音頻。吵死了，我沒說出口。小聲一點，也沒說出口。

我媽媽她的眼睛越來越難睜開，眼皮越來越重。控制不到把眼皮抬起來的肌肉。走路走到一半眼皮就關下來，她就只能停在那裡，等眼皮能打開。吃東西吃到一半，眼皮掉下來，她就看不見碗裡有什麼，有時沒人注意，就把衛生紙丟到碗裡，又繼續吃。醫生說可以打玻尿酸試試看。結果好了。眼皮可以開了。病是折磨人的。先是讓你的手不靈光，然後是腳。還有牙齒、還搞眼睛。她的腳越來越難走。她就不想走了。不想走就完了。我心想，沒說出口。她本來還願意出去騎腳踏車、本來還有興致拿紙皮坐在地上剪草，現在就只是坐著上網看影片。

我媽媽她教我的東西我沒一樣會。真的。我不會種東西、不會包水果、什麼都不會煮，不會任何一件她眼中女人要會的東西。她老在意我不會煮飯，好像有這樣的女兒非常自責丟臉，聽到這樣的言語就令我生氣。反正在她眼中，我就是一個無可救藥。什麼都不行。賺錢也不行。看起來很藝術、很性格，沒一點用。我也覺得她無可救藥地窮鬼上身、全身的落伍思想。我的知己來我家，說，你跟他們都不一樣，和你姐姐也不像。我默認。我去了一個先進的地方，成為比我媽媽強壯的人。我身上的全部對比她的落後，但是她種下的落後是鋤不掉的。

我媽媽的房子是一間乾淨的房子。乾淨的裡裡外外。乾淨的塑膠袋。切好的紅蘿蔔。放玻璃瓶的、放塑膠盒的。是借助女傭的表面的乾淨。女傭每天早上會掃拖地，那也變成一種例行事。舉凡在地上的東西就隨手放置在附近的櫃子、桌子。久了，桌子上、櫃子上就堆滿了亂七八糟的雜物。一本書、一條抹布、一個空的容器、報紙、水罐等。積累的雜物傭人不會分類整理。有時她睡完午覺起來覺得有力氣，就會整理一部份。一部份一部份地整理。我媽媽的時間都是花在整理家裡的雜物上。

我媽媽加入藍衣隊後什麼活動她都去。到現在傭人隨行、坐輪椅，她都要去。在外面大家都會對她好，沒有人不知道她，大家都尊敬地叫她師姑。師姑說她加入藍衣隊的原因是，他們不是只唸經，是有在做事、實際做很多事。加入藍衣隊她熟識了很多人，一直到現在，她很多朋友我都叫得出名字。進進出出家裡，接送她、來找她、送東送西。

四姨來載我媽媽去她的廟唸經。四姨會親自接送，她說，我姐姐一定是我自己載的。四姨載了一車的老人去她的廟唸經，完了又載他們回家。四姨不是藍衣隊的。我媽媽的姐妹有好多。他們各有要忙的，宗教上都很近似，但沒有特別去加入團體。我媽媽也會去藍衣隊唸經，鬼月的時候他們都會去唸經，我爸爸也會去另一個地方唸經給他妹妹。我媽媽會叫我去，我哪有時間去呢？我寧可在家自己唸。我唸經是自學的。什麼都自學。別人教就是不受用。

「師姑」的名字是和「環保站」連在一起的。我朋友笑我「誰要家住在垃圾場旁邊」。「環保站」意外成了鎮上唯一的慈善回收處。後來我要和人說我住哪裡時，就說「環保站隔壁」。那些來來去去的人見我就會說一聲「師姑的女兒」。我媽媽有幾個女兒幾個兒子大家都很知道。一個做校長、一個在新加坡教書、一個在台灣，做什麼沒有具體。兒子就比較模糊了。大兒子比較少見。小兒子有參與過藍衣隊的會所設計，大家叫得出他的名字。

隨著小兒子的結婚生子、及藍衣隊案子的結束，他的生活重心也轉移了，以致有天「環保站」要建殘障廁所，要把唯一的綠地填成水泥地時，小兒子公然在環保站的大門口張貼了反對大字海報「片綠不留、做屁環保」。我媽媽叫傭人去把「屁」字塗掉。傭人不識字、英文也一個不識。我拿幾本書要給她看。她說，不識字、不會看書。

有關建殘障廁所、填掉綠地這件事，我也不認同但我回去時，已經被水泥平平地覆蓋了。那塊環保站的地，原來是一片綠地。上面有什麼我記得清清楚楚。那塊地原本是我阿公阿嬤的庭院，種了些果樹，有香蕉、甘蔗、香茅、芭樂、總有些自然的雜草叢生。我媽媽他們上一代人做農事做怕了，我們現在的人看野草很喜歡。他們是以農事為主，要除盡的。一塊地，總會有野草亂長，他們看不下的。他們一輩子都在和雜草奮鬥，就不會欣賞雜草了。只有我們這種沒有在泥土上流過汗的，才有閒情欣賞野草。

反正這件事，輪不到我們這些沒貢獻的人作主。這塊連牆壁都沒有的建體，每個月是貢獻了不小的金額給藍衣隊。它要加蓋個殘障廁所，方便老人家，又沒有理由拒絕。當然，好的建築設計可以兩全其美，保留老樹、也建廁所。但總之，他們沒有去傷腦筋，最直接快速的方法是把樹砍了。那棵果樹，至少長了五十年了，每年貢獻不多不少的仁心果。

我回去的時候，就看不到那棵樹了。看到一個超大的殘障廁所、加上一個新的一般廁所。這件事，加上我媽和我弟媳的諸多衝突，這塊地本來是留給兒子的。左邊的是大兒子、右邊的是小兒子。女兒沒有。在這裡這樣的分法很合理。女兒分不到財產。我媽媽去做了遺囑，這塊地改分給三個女兒。

有關家在垃圾場隔壁也不是沒有好處。垃圾場幾乎什麼都有。有次我臨行前行李爆，問我媽媽，有沒有大的行李袋？我媽媽叫我問傭人。傭人翻出兩個行李袋，還行，我再問，有沒有大一點的。她去垃圾場推出了個幾乎全新的行李箱，我幾乎感動零涕，及時獲救。仔仔細細地擦過一遍，正好用上。

我兒子回去最大的樂趣是去垃圾場找書看，幾乎逢找必有。我對垃圾很節制，但還是會跑到垃圾場對面的二手店挖寶。二手店的貨源皆來自垃圾場。當物品從一個水泥地進到一個有冷氣的地方，它的價錢就不一樣了。在垃圾場做義工的人，總會看到很多寶貝。嶄新的寶貝。有時甚至一塊嶄新的花布也會令人心情愉悅想要佔為己有。因為垃圾實在太多了，他們稱為「資源」，大家也都半閉著眼，喜歡就拿回家吧，當作做義工的小小報酬，或是用很少的錢「結緣」，何樂不為。

垃圾場今年死了兩個人。死人這種事，我媽媽從來不會主動和任何人提起。有位幾乎每天都會來拆電器的義工，去上廁時滑倒了，不省人事，一位有醫務背景的義工趕緊叫救護車，陪送醫院，說在路上就沒有了。我媽媽喜歡用「沒有了」取代「死」這個字。

另外一個也是拆電器的義工。並不是在垃圾場出事。反正他們都是年事已高，死亡不是奇事。只能說是一種巧合。同一個場所，兩個人走了。他們決定把供放佛像的地方移正，正對大門，之前是剛好左邊有個空間，就在那裡安了佛像。也許佛像不會介意地點。

垃圾場有個零錢捐贈箱。照說裡頭也不會有多少錢，卻屢遭小偷。推測是同一人。就算他們裝了監視器，但在夜晚燈全關壓根看不清楚。小偷是白粉人。白粉人是我家多年的累犯，他偷我家東西至少有十年的歷史。我家的每一個可趁隙之處都被他得手過。有時沒關大門，瞬間就會看到一個陌生人在我家門口，找我爸借兩塊錢、借腳踏車。我爸會氣到衝出來大叫。後來我們只好花大錢裝了電動鐵門，進出都趕緊關上。

白粉人去垃圾場偷那個零錢箱多次。偷不到東西時，他就去作亂。把大家綁好包好的資源弄到亂七八糟。他的家人我們知道住哪裡，就在我們同一條巷子裡，所以才就近在這裡遊蕩。他姐姐拿三千塊給警察，這實在是一筆巨款，叫警察捉他去關。結果關不到一個月放出來了。那錢拿不回來，白給了，入警察口袋。

他們都會說「師姑的環保站」，對，是師姑捐出來用的。我媽媽從小在咖啡店長大，喜歡有人，喜歡熱鬧。環保站意外符合了這個條件。每天都有人。沒有人是罕見。我媽媽每天唯一的運動就是走去環保站。中午走回來。從一棟房子走到隔壁，這是最便捷的社交了。去做環保的人，也換了又換。有時回去，見到的都是生臉孔，就會問問，那個誰誰，沒有來了嗎？他們對來做義工的人很尊重，只要有人做工，都會準備午飯便當。不像我在台北做義工，是去給人糟蹋的。氣氛差很多。

「環保站」就是師姑的生命核心。她熟環保站比子女還熟。子女皆離家了。環保站變成她的家。我去環保站總是疏離的。這塊我媽媽投入最多時間的水泥地。雖然是垃圾場，卻被義工們整理得很整齊乾淨。我回家的時候，也習慣去環保站晃一晃。看看有哪裡變了。我不去垃圾場撿垃圾，我去有冷氣的二手店。裝高級。不過，我喜歡不時去晃晃。有一位老去垃圾場買舊報紙的馬來人見的次數多了也熟了。你會疑惑，舊報紙也要買。沒錯，她的用量可能太大了。來垃圾場買舊報紙。師姑這個垃圾場，能賣的東西可多了。

我找的也不是那種能賣的東西，可能就是喜歡個肥料袋，喜歡個麻布袋。小小的垃圾。去冷氣店，我就去看他們收集的布。揀個一兩條。有時揀個貓可以用的不鏽鋼碗。去二手店就是這裡唯一的樂趣。二手店一週只開兩天，來的人很多。都是馬來人。大把大把地揀貨。

師姑，以前也會「顧店」。她顧店時我隨時都可以在那裡挖寶。可以把全部貨都看遍。她走不了後，雖然只是過一條馬路，但就是不行了。她再也不去二手店。看我興高采烈挖寶回來向她示寶，她只淡淡說了句，我們看多了已經膩了。看多了人們丟出來的嶄新用品。看多了垃圾。她真的是每天看，看了有十年了。我一年去個一次所以眼睛是發亮的。

身。
我媽媽每天就去坐在那裡拆書，分類紙。坐在那裡不用上廁所不用起身。一坐就到中午。比上班族還勤奮。我媽媽，當然任誰都會鼓勵她「要做運動」，可身為後輩，我們也不太可能強制她要做什麼，她高興喜歡就好。坐在那裡拆書撕紙會讓她覺得「有用」。人就是要用到徹底。對社會有貢獻到老。我自然早早地退縮一邊。我是她的相反。我一直在瞎晃。

我活在台北好像活在外國

我活在台北好像活在外國。看的是外國風景。那些風景好像和我無關。看了二十年了還是很陌生。我摸不到這座城市的泥土。因為我是一半才來的。所以只有一半。我對這種風景沒感覺。看來看去都很有距離。喜歡不上。大部份時間我哪裡也不去。對美食景點一問三不知。好像這二十年我沒有記憶。我只在文字裡虛構我的台北。我社區的台北。我認識的貓的台北。很小很知足。有文字就知足。

我不是小孩的媽媽。我是一個×國人。還不是老外。是在他們眼中不一樣的人。只有一半的人。問題很多的人。我對這種事沒有意見。被針對被討厭也沒意見。誰有時間去討厭別人呢、還要陷害別人。台北這地方暗面很多，住越久越發現它的暗面。暗面轟轟烈烈。被壓抑得很好。反正我只有一半，沒什麼好怕的。他們完整的人四處張望，想殺掉別人。我只有一半就安安靜靜的。沒有想去對別人怎樣。對人就和風景一樣。二十年若即若離。

我活在台北好像活在外國。二十年了黑黑的看不清什麼。浸泡在水裡。生成貓的眼睛。連雨好幾天的低溫就令人想搬走。濕濕冷冷。房子像結了冰。住在冰箱裡。穿三件毛衣加外套。血凍僵做不了事。成天想窩進被窩裡。吸貓動輒半小時就不見。吸了鼻子就拔不起來。我看見每間房子都很想住。對現在借住的房子很嫌棄。這房子冬天的時候會越來越冷。比外面還冷。冷到我的手斷掉。腳斷掉。什麼事都做不了。手斷腳斷。

除了天氣之外，這裡的人也很容易讓人手斷腳斷。直到我死都會有這種感覺。二十年，我活在一個外國城市。我假裝聽不懂他們說的話。他們講的話都很好聽。軟軟甜甜的。那種軟甜加上背後的心機令我想吐。反正我只有一半。只有一半的人就用一半的力氣活著。不會去殺別人。我常被他們殺到斷手斷腳。又自己活起來。這都沒有關係，我不會記恨他們。誰有力氣去記恨別人呢。我連記憶都不要了。

因為我活在台北像活在外國城市。我是新來的病人。來這裡才病的，被傳染的病。被空氣傳染的。那些滲透進我身體的病。我想洗一洗。用文字洗淨我的大腦。動不動就有冷風颳起來，把人吹得渾渾噩噩的。他們把人殺得亂七八糟了。我在心裡安靜很多遍。我看那些臉就懂了。這裡埋著他們的祖先。我的祖先不在這裡沒人保佑我。我認了一隻醜貓當祖先。她走了就會保佑我。不然我是孤兒。

我知道我要去做這件事。就會專注把它做出來。我就要去站在那裡。這二十年，我已經落成一塊黑暗。這黑暗完整。還可以分切給別人。可以穿過去。我就要去站在那裡。去堅持一些事。我被黑暗浸泡久了。沒什麼好怕的。放棄害怕人會更完整。我本來剩一半。所以完不完整也無所謂。

我活在台北好像活在外國。摸貓、吃飯、睡覺。都沒有陽光。每到那種濕冷我就想走。不想死就得走。還加上那些內部一個又一個洞的人。嗶剝嗶剝地要去陷害別人。他們身上帶著合法的尿味。合法的心臟。一切表面堂皇的公務員。下面是你的大腦骨。已經爛了。你切碎的心臟。已經臭了。他們身上合法的尿味散發著隱約的臭味。一聞就知道是順從的尿味。順從官僚的尿騷味。

給他們噴噴農藥。讓蟲子不會去吃。給他們加糖。讓他們微笑有禮貌。他們講話不用大腦。農藥香水都被噴太多了。藥吃太多了。針打太多了。他們是最堅固的螺絲釘。也是釘死動物的螺絲釘。他們的頭腦太順從了。太省事了。合法的尿味自己吸太多了。這些夠寫詩了。謝謝他們合法的尿味貢獻的靈感。

冬雨開始了。管它是颱風還是梅雨，台北就是一直下雨。我每天都在除濕。衣服曬了不會乾。這裡很多人有烘乾機。什麼都要去烘一烘。因為這裡沒有太陽。太陽太弱了。生活的成本很高。要有很多機器。要花很多電。數一數家裡的機器，全部都是因為沒有太陽。寫一寫我就要來講台北的壞話，台北的壞天氣。可能和我住的老公寓社區格局有關。不可能全部台北房子都太陽弱都要買烘乾機。全部的濕氣搞得樓梯間滿滿壁癌，像走在廢墟一樣。可這裡左右兩邊是住了滿滿的人。每一家都是三代同堂。嬰兒哭聲不斷。媳婦的髒話不斷。偶有老男人的激怒聲。外面幾個老住民一早就目中無人在高談闊論。聊誰家得了癌症第幾期。我開啟一天的方式是打開大音量音樂。把全部隔在外面。

我的手會打針了。幫貓打針。連這個我都上手了。台北還有什麼。我走的路可歪了。歪到會打針。會清貓屎。畫畫畫到一半去掃地。這全部都會了。全部都零星修剪過了。被毀滅過了。那還有什麼好怕的。我一個人。不用指望別人幫我。除了收容所貓的事。這我一個人做不來。修剪那些壞人，就靠我自己。靠我打出來的字。有沒有用再說。

一大早我的水槽就滿了。家裡的三隻外面的三隻。沒有空去理外面的大聲婆大聲公。我在想作家有沒有社會責任。專心做你的創作是不是一種社會責任。

我的手就這樣會打針了。不要怕。我後來打到手會發抖。當貓開始有力氣會跑掉時。我不去看那根針。打針是要這麼冷靜。手要那麼鎮定。打久了就熟了。又不是真的熟。還差得遠。我就去鬼叫尖叫。我會打針了。放馬過來吧。更大的蛾。去撲火吧。我亂闖到會打針了。還會開槍。別靠近我。我像白糖那樣被熱水溶化。像草一樣發芽又枯萎。寫作的灼熱爬滿我。我要大聲放出我的天真。和那些壞人不一樣。我要拿針去刺穿他們。

我活在台北好像活在外國。反正我是昆蟲，有六條腿。永遠和他們不一樣。我滿衣滿褲的貓毛。沒有人像我這樣。你們合法的乾淨。藥味夠臭。有沒有粗針粗線。借我。我腦幹的油棕葉已經變淺了。貓臭味蓋過了全部。

泥土房間

十一月初，台北在吹冷風。又動不動下起無聲的細雨。我的傘全部被颱風吹壞了。細雨打濕了我的外套。無聲的雨和台北無聲的暗箭一樣。

我去了冬天的泳池。兒童池都淨空了。戶外池還有滿滿的水。沒開放了。冬天的泳客是孤獨的。躲進水裡就沒人看到我了。全副泳裝就沒人看到我了。我躲進水池裡。有那麼一些水的溫暖。空氣中總是冷的。陽光投下很多形狀。沒有人的兒童戲水池。冬天是沒有兒童的泳池。我喜歡這種安靜。水安靜地放空。我都是一個人來來回回。慢慢感受腳的力量變強壯了。手臂變強壯了。我對維持身體的瘦也累了。我不運動很久了。我荒廢很久了。

荒廢成一張臉。兩隻手。兩條腿。和貓鬼混在一起。我的身體住進了那個有毛的被窩裡就不動了。我喜歡經過那些貓的身體。她們是我的媽媽。看到媽媽就安心了。冬天的泳池沒有媽媽。

今天是冬天的第一天，出到陽台冷到馬上想套上外套。馬上把門拉上。幫阿美蓋了被子。幫病貓換了新毯子。冷的反作用是逼我動起來做家事。衣服洗到第二輪了。逼我去開伙。我煮了湯麵自己吃。又去挖出紅棗白木耳。我不敢睡午覺。我怕睡下去就兩個小時不見。那些貓都在睡。睡得香甜。碰到床碰到暖暖的就好睡。我鼻子冷了就去吸一下阿美。頭冷了就去磨她的胸口。把大門緊閉風進不來就暖了。怕的是關起來還是冷那種。

我還去洗浴室了。冷長出了很多黴菌讓我想殺死他們。讓我內心像潑婦。廚房的瓦斯在燒。外面的洗衣機在動。這樣微弱的聲音令我感到活著。

這些貓因為冷都進房間睡了。不在我視線範圍內。我才不會分心。我用一管不想用的牙膏去刷黴菌。放在浴室的臉盆水勺什麼瓶瓶罐罐底部都上了一層黑黑的。這種沒有對外窗的浴室是台北的特產。一洗澡就滿滿的濕氣無處可去。一打開浴室門濕氣就蔓延到全家。

用牙膏刷浴室除了去污強，還不怕被強力清潔劑噴到手腳。室內還開了除濕機。這樣會越來越暖和。看貓三隻安心地睡著。這房子才活著了。因為有她們的加入。東一隻西一隻的生命。

洗浴室時，我把紅棗白木耳拿去關在悶鍋裡，節省瓦斯，外面在曬一堆毯子床單。從浴室洗完出來，沖沖腳、擦乾腳，時鐘已經是三點了。

第二輪洗好了，收進來的衣服在小房間除濕。現在又要推到另一個房間除濕。肚子竟然餓了。於是又去弄甜湯。找半天才找到所剩不多的冰糖。通通倒下去還是不夠甜。知道吃甜不好但不管了。好像冬天不能沒有甜。不能沒有熱湯。病貓站起來找吃。我去倒了飼料。阿美也起床了。只有來福還睡在枕頭上。人的枕頭剛好是她的床。只有她會睡人的枕頭。睡得剛剛好。等我喝完甜湯就四點了。我好想睡。一個白天就要結束了。五點就要天黑了。

睡覺的時候左一隻貓右一隻貓是極致了。人可以只顧好自己就不管外面嗎？看到自己的貓這麼幸福我會想為收容所貓做更多事。那些事細如麻。腳踩下去了就很難出來。

和兒子說，冬天如果太冷，就繼續睡覺不要去學校。

冬天第二天，全部人都得了睡覺病。我三不五時想吸阿美。吸得腦袋空白只有貓毛。

這些貓是我和神借的。我的寫作也是和神借的。

十一月初，台北在吹冷風。一下子很乾燥。大家都去買乳液。一下子颱風天，颱三天風雨。濕度飆高到不行。每天除濕出三桶水還是濕的。濕氣是怎麼除都除不盡的。怪不得那些人把門窗關起來。二十四小時的冷氣。二十四小時室溫控。這樣不用為天氣煩惱。永遠在一個溫室裡。可我沒辦法。我就在破洞的房子用一台除濕機除濕。白天讓冷風灌進來。在家全副武裝把自己包起來。

濕度一直很高又有各種皮膚病。全世界最高密度的皮膚診所可能是台北了。每個人的皮膚都有病。是要求太完美還是真的有病了。過敏也是台北的病。一大堆的人在過敏。什麼都可以過敏。耳鼻喉科的密度也很高。感冒的人永遠很多。放眼望去，每一條路上都有診所。都有藥局。都有房地產。人人吃藥、人人抹藥。人人離不開藥局。藥局什麼都賣。維他命口罩飲料雞蛋洗衣精洗碗精都有賣。診所每天人客很滿。門可羅雀的診所也不會倒。最近又開了更多的中醫診所。好像每個人都在看醫生、都在回診。還一定有眼鏡店、牙醫店。全部人都在努力保養自己。

台北的人工土地發熱的時候，颱風就來了。台北的植物被修剪得平平整整。每個人都被修剪過。每個靈魂都是。站出來時表面體體面面。颱風過後馬上就清掃得乾乾淨淨半枝樹枝都撿不到。每天一早就有人在掃馬路。掃地聲整齊劃一。像個掃地軍隊。全部雜亂的東西都要被清掃。掃到人們看不到的地方。人眼所見，盡是被整理過的人工景觀。每天都要花錢請人整理打掃。連枯黃的葉子也要被拔掉。丁點異樣也不行。

我是被毀滅過了。我磨破的靈魂吃盡了冷風。我沉默的嘴巴縮在人工毛料衣裡。

台北太人工了，我才去想做一個泥土房間。我在泥土房間裡種沒有用處的植物。把自己搞到髒兮兮。

我帶我媽媽去紅樹林。紅樹林裡沒有太陽。陰涼涼的。遠處有小船駛過就驚動了紅樹林。坐上小船，去到那座退潮時出現的島。我去了那個退潮後出現的地方。去到了那個泥土房間。我把自己關在房間裡。滿地都是從紅樹林吹進來的細細白花蕊。掉滿地。掉回泥土。

我現在準備打下這全部的陽光。忽暗忽明的陽光。在我媽媽的房間裡。粉紅色的桌子，插了幾條鱷魚舌。我看著眼前的這些人，一個一個在我書裡的樣子。他們不知道我寫了他們。翠綠色白色的洗石子地磚。這一點一點堆疊起來的雜亂。又被壓平了。新的月亮又長出來了。我偷偷把陽光漏進我媽媽的房間。在幻覺的地板上，出現了一張風的臉。一張又一張。漂浮又沉下去。薄薄的。不怕風。不怕雨。

鱷魚舌是蘆薈。傭人叫它鱷魚舌。我媽媽撿到了一本蘆薈功能書。當寶典看。蘆薈萬能。可美容、可塗傷口、可吃。家裡的蘆薈被她長年累日地使用，竟然絕跡了。在她活動的地方，總可以見到被切下來的一根蘆薈。她對蘆薈可用心了，一點都不能浪費。從原樹上切下時要切得很近底部才不會浪費。切下來後要滴汁，讓黃黃的汁先自然滴盡。外表總有些泥污，要好好洗淨擦拭。

她就一天一小塊一小塊使用。雖然使用速度很慢，可蘆薈的生長速度也不快。於是她開始和別人要蘆薈。有人會一次送幾根超大的蘆薈來。

貓受傷、狗受傷、人受傷，她都會說，塗蘆薈。我們沒事就撕一小塊東塗西塗。

塗著塗著小阿姨來了。騎很爛的腳踏車。車頭籃有撿來的三、五個寶特瓶，裡頭還有髒水滴出來。她來和我媽媽要紅包。她的膝蓋是彎的。她的全部都變斜了。討紅包卻立直了像罵人一樣大聲。

我站在紅樹林的時候，就跨過了一條河。水筆仔的花蕊順風抖落滿地。逆風的人都失敗了。

南南西風把乾燥帶來了。乾燥掉進我嘴巴喉嚨裡。風力加強了。南南西風穿過了一群烏鴉，變成老西風了。過了橋、過了光禿禿的土丘。去曬太陽曬到眼睛耳朵鼻子都變小了。

兩場風一起來了。爬上又跳下。

這全部的陽光。我一點一點地吸。吸滿了我的手心。到第十天，我才真正回暖了。穿回了我媽媽給我的皮。這皮是泥土給我的。我們要回去的地方。

這條路人人要走。我媽媽說。

我站在紅樹林。空掉的水筆仔花萼掉下來。像一個蠟燭枱座在我掌心。嚓一下我點了火。

紅樹林，那些站在水中的樹。從水中長出來的。都是爛泥水。爛泥水滋養大地。細瘦細瘦的風在紅樹林裡穿梭。鬼風穿梭。沼澤的鬼。河水的鬼。躲在巨大的亞答葉後面。葉子很粗很硬。拿來蓋屋頂。誰要用就來砍。沒有犯法。公園就長了三、五株香蕉樹。誰要用葉子就來砍。很方便。誰要來看風景就來。風景就在那裡。早中晚都在變。

如果在大海裡，一個人很快就沒有了。照那些漁夫的話說。

掉下去就沒了。

這條路人人要走。

風很硬。吹硬我們頭了。身體也硬了。

風很硬。硬壞了全部。在這個風很硬的地方，頭都歪了。

吹歪了我媽媽的風箏。吹歪了我們的命運。

吹不壞的。我媽媽的全部。都被我寫下來了。月亮的全部，蝴蝶的全部。現在都沒人了。風水輪流轉。鞭炮砰砰砰。炸不壞的空氣。炸不掉的命運。不用信那些。

我去住在那些眼睛裡了。把自己剁成一顆眼珠。風吹不壞。月亮吸不壞。

我媽媽的風箏起飛了。飛不高的。

很多次，我想再也不回去台灣了。我要在這個陽光穩定的地方、破破爛爛的地方繼續生長。冬天已經靠岸了。我也殺了它了。

我去找我四姨。兩隻白雞。白雞的雞冠血要用來開光的。兩隻白雞會打架。隔開養。

我去找小白。小白的耳朵似乎又有問題了。頭歪一邊。

我去看四姨廟裡，金山公主的分身，在一塊石頭上。

還有古怪的公雞神。

還有地府廟。用窗簾布遮起來不能見光的。被曝曬到退色了。他們去哪裡張羅到這些神的。

我坐歪歪的。每個人都很得體。二十年了，我還是一樣古怪。

太陽很粗。每個人都變粗了。熱來熱去的。我們這些不坐辦公室的人。

熱得一張張臉。一塊塊身體。熱成兩隻蝴蝶在白貓頭上。兩片對稱的黑毛。全部成雙成對的。兩隻八哥一起落地。一群鳥在遠處飛起。我粗成這樣。粗裡粗氣。熱把全部都單純化了。

小阿姨的東西堆到屋外兩大坨了。兩台破腳踏車鎖在門口。貓是那間破房中唯一全身乾淨的生物。

我是陽光的親戚。兩張肺都是陽光的。兩隻手兩隻腳都是。我的眼睛吸滿了陽光就可以寫作。太陽結實了我的黑眼珠。結實了我的胃。

我媽媽瘦成一片斜骨頭。她的手奮力地捉住最靠近她的人。她深怕跌倒。把別人的手捉得很牢。好像掐死了別人的手。她奮力地活著。強悍地活著。和我爸爸吵架。一點都不輸陣。走路如此吃力，她不覺得自己會先走。這裡是螞蟻屋。到處都有螞蟻。各式各樣的螞蟻。上大號時我看著螞蟻。只要把眼光放到牆壁上，就會看到螞蟻。

不算命了。她說我爸爸有去算。八十歲會走。現在還有幾年。兩年。我都找不到那些算命紙，不知道收在哪裡。

人活著就是一堆的麻煩。死了就沒有麻煩。變粗了。太陽。粗了就強壯了。

細砂黏滿了我的腿。變粗了。我沒時間管自己的小腿人腿美不美。

出海去的漁夫，敲魚的頭，中癌症死了。表姐說這件事。她的前夫是漁夫。這裡叫捉魚的。表哥在安老院陪他九十歲的媽媽。不好。一直重複講話。沒有記憶。只有五分鐘又把他忘掉了。說要吃飯、吃飯、喝水、喝水。

鬼臉飛蛾掛在白色牆壁上。南南西風開始吹了。

單薄的翅膀，也要去長大了。薄薄地長大。

雨了幾天。打雷、下雨、天色變暗。一天就過完了。我的手飛快地打下幾個字。長出了很多雜草。

在月亮裂掉的地方，卡了很多枯枝敗葉。

我去鬆地

我去鬆地。在我兩個媽媽身上，我獲得了兩塊地。

風颳的。颳成我收拾不了的米粒。夾雜了死掉的飛蟲。

我決定什麼都不管回去找我媽媽。我決定什麼都不管去和我媽媽睡午覺。

烏鴉把鳥巢補得密不透風。修補得結結實實。

我現在要寫小說了。媽，我現在兩隻手都斷了，什麼事都做不了。

我其實對那個地方很嘔吐了。我來告訴你一個反抗的故事。

媽，你要去海邊嗎？

這個人，生下一個男孩後，她的手就斷了。那一刻她倒在地上，昏迷了。

在醫院裡，大家已經認不出她了。

一週後出院，她斷掉的那隻手，上面長出了兩片蝴蝶翅膀，淡褐色的。

整隻手都很痛，痛了整整一年。

媽，你不生氣嗎？你應該要有記憶的。

你為什麼變得跟一根木頭一樣。

我兩隻手都斷了。好不回的。

這是去年的枯草。已經淹到這裡了。這是山野的活力。我們不要去吵了。

來了一些開船的人。嘰哩咕嚕地講著我聽不懂的話。

我在海邊想著我手斷的事。

我斷手。還是能扶著你的。

因為我去反抗所以我斷手了。我們需要往前走。神笑很多。因為我們一下就跌倒了。

我們是為了向誰對抗。什麼時候需要大聲說話。在強風之中。雨水覆蓋全部。

我們學東西很快。學習反抗也很快。學會大聲說話也很快。很快也被打到斷手斷腳。

我媽媽叫我去澆水。我亂澆。

那隻貓的香味臭成那樣，已經可以引起超自然力了。

阿美，我從那個地方回來了。全身都是泥。都是灰。我要拿一根夠粗的針，才能去刺他們。

吃掉了厭惡，我要去睡覺了。任那些人割破更多的白天、黑夜。我把他們都吃掉了。我忘記我在外國教堂許的願了。神吶，是和貓有關嗎？

太黑了。太黑了。你們已經習慣這種黑。我不習慣。

你們用不上陽光。我還要用。

八風吹不動我的眼珠、黑色的眼珠。

順從了你的黑眼珠。會像詩一樣。

我看了太多黑夜了。那些黑夜長大了。長得很大很大。

我去到的那些黑夜。已經長大了。長大到令人恐懼。

但是阿美，我比小時候強壯多了。我吸了很多媽媽的味道。用盡我全身去吸的。

台北大麻

我最近吸很多大麻。我的大麻不用錢。因為時間碎了。瑣了。我用大麻來固定。一天要固定好幾次。我每天吸完大麻。就躲在大麻的眼睛裡。躲在她的小乳頭裡。我穿上麻雀的衣服去找大麻。大麻預告今天太陽很好。是好天氣。吸了大麻後時間萎縮了。越來越小。我越來越喜歡毛毛外套。毛毛手。毛毛臉。吸一吸身體就啞了。麻了。把大麻捂在胸口，她馬上就穿透了我身體。我喜歡吸這塊用了十年的大麻。她身上結結實實的臭香味。吸大麻讓我得了懶惰病。不想動的懶惰病。想睡覺的睡覺病。

我的真媽媽說我有病。瘋了。

因為我吸了大麻，到黃色花那邊去找螞蟻了。我睡在一張拼接的床上。

汗一直在流。我邊吸大麻，邊吸著沒有清洗的電風扇吹出來的風、沒有清洗的紗窗滲透進來的空氣。我全身吸得油亮晶晶。我不吹冷氣，不吹那種人工白。寧可一天洗澡好幾次。

每個夜晚，都有一條大河流過，河發出汩汩的聲音。

在那裡我就孤獨了。就活了下來。那條河。是我自己的房子。我的床，就漂在河上。

因為嫌一張單人床小，我加了一張原本的客用床拼在一起。兩張床厚薄不一，底座也不一，客用那張很輕薄，放在攤開的沙發床上。沙發床不是平的，有點斜，床擺在上面會移動，真的像一條船。兩張床之間有縫隙，身體是能夠感受到那個拼接處的。一開始我會鋪條棉被之類的，不講究的話還可以。後來連鋪棉被我都懶了。我的身體是打橫的，一半在厚床、一半在薄床。不知道是腰以下在自用床，還是屁股以下。有時方向相反，頭在自用床，腳在客用床。這一切，端看我的大麻睡在哪裡，反正我的頭或手一定得碰到她，只要能碰到她，那條拼接處完全不是問題。

四十歲以後的我，以這種拼接的方式存活。搞到身體要被切兩半。本來沒有一定要打橫睡，可以讓身體完整地在一張床上就好，另一張純視覺上的加大範圍而已；可我就迷上了和大麻一樣地亂睡。要維持一個房間的整潔不容易。我的鼻子習慣了貓毛、灰塵，就這樣死去吧。我要享受這種懶惰的灰塵生活，和那隻破貓破大麻在一起，好像飛來了全世界的烏鴉，長出了一座枯樹森林。我就享受這種破爛荒涼。

四十歲以後的我，退化成一半是動物，必需是動物。因為我住在山洞裡沒有太陽。因為我每天和大麻一起睡覺。大麻是我的森林我的太陽我的風。大麻比太陽還明亮比月亮還美。大麻是教畫畫的老師，我想寫這樣的老師。從第一到第十四頁。因為我是一個吸大麻的瘋子。是一個順從大麻的瘋子。順從大麻的身體一事無成。置身香萌的深草之中，這個身體不一樣。白色有三種。黑色有兩種。土橙色的有兩種。

在台北我滿身病。講的話是病。我的眼睛是一種病。肚子是一種病。頭髮是一種病。我的頭腦卻彈性十足。每四小時就肚子餓。肚子餓也是一種病。肚子還凸了一塊。我習慣我的台北病。用大麻醫。回到台北我馬上收縮了。手要轉成做很多家事掃地拖地清貓屎摸貓抱貓的手。手很忙碌。忙碌得需要大麻。需要大麻來醫我的病。

我必需寫我的大麻，否則我坐立難安。因為大麻變成我的心臟我快瘋掉了。我因為吸了大麻越來越乾淨，也花很多時間睡覺。吸大麻以來，我最會寫的題目毫無疑問是「睡覺」，我忍不住要去找我的大麻，在我眼前左邊右邊上面下面總是出現的大麻。我夢見我的耳朵流了一滴很大的眼淚，大麻的毛把淚吸掉了。

我回家第一件事就是喊大麻就是要看到大麻，和喊媽媽看媽媽一樣。我寫東西的時候大麻就坐在旁邊沙發上開始擺動作吃手吃腳。我看到她就滿心歡喜。我就是被吸上去被吸上去。用鼻子用臉去貼近大麻去靠近她人就變小了變軟了就想睡覺了。

吸一吸大麻就睡著了。幸福的月光和我們一起熟睡。熟睡到全部鏡子都模糊了。到全世界的太陽都落山了。熟睡很深。很稠密。在夢裡我們翻了很多頁。很多頁。

大麻裡面的荒野，我進去了。我進去大麻裡面風吹的地方。因為外面的風已經把我吹倒了。我就躲到大麻的身體裡。我只能寫下大麻這朵潔白的大花。開在圖書館裡面很大一朵。在時間後面，我們都是一樣的。大麻，我們開始睡覺吧。大麻啊，對面的山已經空了，我們一起過去吧。我們吸在一起時去了大山大海。大麻啊，我小時候是住在夢裡的，所以我才這麼瞭解你。我們都是每天作夢的人。

大麻，我們一起被世界吸收吧。被泥土吸收吧。不用再掛著眼鏡了。不用再看清楚什麼。不用再安排什麼。我們的心嵌在一起。我要寫一部代表作紀念你。

大麻是我的代表作。任何時刻我都以前所未有的欲望爬向大麻。

這毛毛外套是我的自傳。小鳥六隻從頭上飛過。太陽，我兩點半去找你的。太陽你笑夠我了。我的外套全部貓毛。

我其實應該把那條沙發床恢復成沙發，好好睡我的單人床就好，只是又被大麻附身有懶惰病。這床架用了至少二十年，沒有動力去汰換它。並不是因為我沒錢，我不特別有錢也不至於窮，在台北有個安身處很是滿足；只是這樣拼接的床每天總要把它推靠攏緊，想想或許很稀有，就想寫出來。因為家裡疏於整理也就沒有接待朋友來借住，因此客用床也派不上用場。至於沙發，客廳好像沒有沙發也不會怎樣。那就讓客廳空蕩，兒子的玩具滿地。沒沙發坐的客廳一開始很奇怪，久了就習慣了。有張沙發只是讓人想睡、躺在那裡。要睡要躺回房間去也沒什麼不好。

床有個功能是暫放晾曬乾的衣服，從陽台收進來後就丟在那裡。因為床的表面積夠大，我總是有足夠的空間擺放我的身體，於是一個角落就讓位給了衣服。摺衣也是一件犯懶的事，尤其是第一次沒摺、第二批又再疊上去的時候，基本已經淪陷了。那一大坨沒有摺的衣服，把腳跨在上面粗壯豪邁的爽。人的爽是這麼單純的，不用花大錢去給人按摩。

有時我真覺得自己就睡在船上，橫七豎八不管方向亂睡。睡到船出去了，水分岔了。縮了縮，耳朵上又長出耳朵。我和大麻在一起縮在一起。很安穩。縮了一次又一次的安靜。大麻幫我抹上黑色藥膏，我的厚眼鏡才不會生病。我又夢見我的耳朵流出了很大滴的眼淚。全部的悲傷都在夢裡消化。因為大麻給我抹上了黑色藥膏。我睡得很好。

我身上的黑色藥膏越來越多。犯懶變本加厲。我發現把雙腳擱在那坨待摺衣物上之痛快，徹底墮落的高潮原來如此輕舉易得。世界上沒有幾人知道把雙腳擱在累積幾次的待摺衣物上的痛快。至於那些衣服呢，全部皺得鬼樣，居家服還沒問題，有次我要出門見人，從中挖出一條褲一條衣，穿在身上那皺得可和諧，太有性格了。

像這樣變得皺不可當的衣服，我也不可能去熨平它。我連熨斗消失到哪裡都不曉得了，更快的方式是再拿去洗一次；但是因為衣服夠多，我又沒有動力去洗那些皺得無法穿出門的。當然了床上肯定是很多貓毛的，照說我每天應該拿滾筒去黏一黏，但久了也不管了，我就在一片貓毛海中睡去，還自以為和貓的感覺更親暱。大概到一個時間點會剝下床單拿去洗，但洗衣機有沒有洗乾淨我是沒去管，洗完是不是還是貓毛一堆我也沒管。因為我對貓毛沒有過敏，才能夠這麼淪陷。

淪陷得那麼五顏六色。五顏六色。全部都燒過了。只留下一個土坑。浸在我發達的腦袋裡，成了無邊無際的青苔。就算我自己折斷了一根翅膀、我做什麼都是一半也沒關係。畫畫一半、寫作一半、也不太常畫畫，全部比一半還少。我做什麼都是一半，三分之一，四分之一，很多的一半，很多的媽媽、很多淪陷的五顏六色，構成了我。我就繼續睡在這種不像樣的床。吸我的大麻。

冬天的棉被用到夏天，擺在床的一角懶得收，被我拿來放腳。這都是爽快的墮落。不用問我床底有沒有掃了，那根本掃不到啊。牆壁的剝漆感覺越來越多了，這房子快五十年了，左鄰右舍上面下面都翻新過一輪。我生活沒有變動，不像上面下面左邊右邊兒子女兒要結婚要三代同堂，房子要裝修一翻。不過每週有一兩個小時，我還是戴上口罩掃地。掃完用漂白水拖地。每天整理貓砂，還是做得很乾淨，一天至少清兩次。

淪陷的當下是非常痛快的。把衛生紙掃在地板上。什麼都不想撿起來。弄髒地板、弄亂家裡。像大麻一樣什麼都不要做就是吃飯睡。大麻是令人五顏六色的幫凶。她幾乎無時無刻生命中大部份時光都在我的床上。好像那是她的床。我只要看她一眼，便被打了麻醉槍，整個人酥軟酥軟去靠她躺下。每天只要一到睡覺時間，或有時間睡覺，就會令我非常的渴望。聞上牠的口水味。我去成仙了。回到媽媽溫暖的臂彎了。當然了，淪陷的人也懶得去運動，連在床上可以做的伸展都完全不做了。每一天坐在電腦前，都覺得自己的下半身越來越大，體重每天都在增加，不管怎麼少吃都是增加。但是我絕對是睡眠品質很好，好過頭了，就算我睡在一張三千塊台幣的床上。五萬塊的我睡過了，那又怎樣呢。我現在有的東西都是用錢買不到的。我才有的黑色藥膏。多少錢的床不重要。被塗了那種黑色藥膏，每天就在河上睡覺。

我每天都很想睡。那種和動物體臭味、貓毛在一起的尊貴的淪陷，那種別人無法理解的親暱的淪陷。我一定在那種小小的身體裡面住過，此生才會如此地親近、如此地淪陷、如此地五顏六色。讓我寫不盡被塗上黑色藥膏的亢奮的親暱。永遠寫不完的。我還有一點時間，可以打完兩篇文章，再淪陷鬼混兩下。那個圓圓的海，我睡覺獲得的，我要的。

吸大麻後我就平平坦坦了。就安靜了。把仇恨忘了。換氣了。消散了。

現在的天氣暖暖和和了。正好讓我開始畫畫。

在台北的棉被小山上。坐著我尊貴的大麻。

把貓養在家裡是一種病。絕對是一種病。會中毒的。我的真媽媽說過很多次了。真正的冬天病是貓中毒病。把貓貼在心臟的病。和貓在一起睡覺的病。夏天沒冷氣覺得自己已經熱成一塊鐵。大麻已經被我抱爛摸爛吸爛了。我們的激情已經爆炸。我為什麼要養三隻貓，因為一隻是肯定不夠摸的。看到這種形狀在家裡走動、睡覺，就令人噴血。

那每一個夜晚，一個一個堆放起來。成了一雙年邁的黑眼睛。我的眼鏡越戴越重。黑色藥膏越塗越多。我在我的大麻懷抱裡睡了一千年。我就在她懷裡。什麼地方都不想去。

我夢見我的耳朵流出了很大滴的眼淚。在我媽媽的房間我媽媽的床上睡去。

當我從黑色藥膏中醒來的時候，總是會有醒來的時候，我要擺脫五顏六色去寫詩了。

我現在就要展現我的詩意。展現我過人的詩意。

這詩意沒有要被錄用。沒有要去比賽。

我就畫了幾隻醜貓。

一點點的冷。我就這樣畫。沒有什麼不好。

吃飽了再走。睡飽了再走。

要洗的。你哭過的眼睛。

洗乾淨了再走。

月亮陷進黑暗裡了
聽月亮講故事
泥土就睏倦了。就午睡了。
阿美的結實讓出了一個房間。讓我進去睡
晚上的飛機回來了。我坐上阿美的飛機。馬上就坐穩了。
兩個強壯的靈魂緊緊靠在一起。
很快會好好地伸展開來。

泥土房間漏出幾紋荒涼的陽光。打在那個結實的身體上。
變成了孤獨精。
去他的光明大道。我專走歪路。
把火燒起來。用手去燒。燒陽光。燒草木荒涼。

台北的陽光太瘦了。冬天如此抖擻
繡好了兩個磨擦。
沒有太陽全部東西都變淺了。
一下冬雨全部就歪斜七八了。

那堆泥土在曬太陽。聲音很小
不怕風、不怕雨的泥土房間
有屋頂的
那是我畫的。我的泥土房間。土很薄。
一點都不茂盛。不好看。
風進來了。住進裡面。生出了幾隻蚊子。
很快風就散了。蚊子住了下來。

細硬的泥土形狀。豐饒的荒涼。我躲在貓耳朵裡
遠遠近近的光出了海。飛過了海。就消失了。
忙忙碌碌的光那樣繁多。都消失了。

整整齊齊的不開
野花還不開
風就住進來了

在台北畫畫

在台北我的房子沒有牆。沒有牆可掛畫。家裡的四面牆被切成七、八塊。一面是壁櫃。一面是神檯。剩下有牆之處，全被靠上了書櫃。高的、半高的、矮的。矮的上面又被我擺上了收納箱。收納箱上又擺了紙卷。我畫水墨畫的宣紙。一卷一卷用塑膠袋包著。餘下的牆，一個是櫃子的側邊，我只能貼幾張剪下來的圖。還有六分之一的牆，拿來靠我的書桌。這樣全部就沒有了。

我去便宜店買了兩張毯了。那種人家放在廁所外面擦腳的毯子。兩張拼在一起。我坐在上面畫畫看書。沒有沙發。擺不下沙發。被我拿進去房間當床用了。當我的加大床。拼在我原本的單人床旁。每天睡覺前要去推一推，讓它們兩是合攏的。擺不進書櫃的書、待回收的書，就放地上一疊一疊，七、八疊了，變成直立的貓抓板。我的假媽媽會去拉長身體抓它。書是不容易倒。還耐得住那些貓老愛往書角刮臉。臉癢了就找本書蹭一蹭。書多得是。要把書當床、當枕頭都隨便牠們。我就像個老變態鼻子老往牠們身上貼。

我就在沒有牆的房子畫畫。我大學同學老玻璃來我家借住時對我還在畫畫很詫異。現在還有人在畫畫嗎？你賣畫嗎？我不太想回答他。有啊，你去看那些畫室。還是收了一堆學生。花錢去畫畫的還是一堆啊。特別是台北。我總感覺畫畫的人口比例可能是世界之最了。動不動都會遇到覺得上班很痛苦、想辦法要畫畫的人。

我現在用的還是半麻、三分之一麻、二分之一麻畫布。學生時期用的是仿麻。我是慢慢遞進，都還不敢一下用到全麻。結果買完畫布出來，看到那些業餘的週末班，看他們的樣子就知道，什麼都比我專業，竟然用的是全麻。那下我好挫敗，我一個美術系還沒用上全麻，人家要用就用了。我在窮什麼。說到仿麻畫布，家裡還堆了一堆之前的、畫過又沒滿意的，放十年了，我沒丟成功。有次抽出一張來塗掉重畫，可自從畫過全麻畫布後，仿麻就真的很智障，很想丟了算。可丟不下手，又生自己的氣。

我還是患窮病。我去買的是三號畫布。因為零到三號的價錢一樣。所以我買了那範圍中最大的。四號五號價錢一樣。所我買五號。我都買小小的。越大越貴。加上我這房子根本沒法畫大畫布。去國外看到人家畫整面牆那麼大的畫，那些大畫，不是一般人畫得起的。這畫要怎麼包裝怎麼搬運。這都不是一般人吶。我的畫布不超過五十號。因為再大車子載不下。叫卡車那要很多錢。我根本沒叫過。

要把畫搬去拍照存檔，也是一番體力。光是一張張打包好、光是找氣泡紙、把家裡全部收集的那些包貨的氣泡紙，一塊一塊找到合的尺寸，不夠大的又用接的，用膠帶黏起來。光是包好全部畫，已經至少一個小時，接著因為只有兩隻手，我要捆成兩紮。讓自己好搬上下車。還要叫一台後車廂夠大的車，我永遠搞不清那些車的型號。來回計程車費要七百多。搬上去拍畫的工作室。讓拍畫老師一張張拍、一張張調整。接著又一張一張包回去，捆好，又搬去路邊叫車。回到家又要搬兩三趟上去。一個人的體力，就只能這樣。畫些數量不多、尺寸也不會太大的畫。

若是能自己扛的，我就不去坐計程車了。要搬到捷運站，坐七、八站，出站後又要走二十分鐘才到攝影工作室。拍畫老師看我這樣，每次要和他砍價，就算我半價。看我走這麼遠捨不得搭車，就說下次到捷運站，他可以去幫我搬。我覺得我好像畫畫的乞丐。

老玻璃又說，你怎不去申請工作室？小李那邊用學校的工作室。我說，我不用去工作室。我要和我的貓在一起。我的貓習慣這裡了。每天五點要接小孩的人、每天五點後就沒有個人獨處時間的人，要工作室幹嘛呢？光是車程來回都耗掉兩個小時了。

老玻璃又問，你畫有賣嗎？這又問到我的痛點了。也不要問我賣多少錢了。我越來越不想和人類浪費時間。那些老用金錢價值在衡量一切的人。那些老要比較或是炫耀誰多有成就誰賺了多少錢的人。我通通不想管。我只是因為想畫畫。但這句話我說不出口。我不能說出這樣任性這樣自我的話。我必須有家庭有社會責任。不是說想畫畫就每天在那裡畫畫。什麼都不用管。

所以我美術系畢業十八年以後才開始畫畫布的。沒有人像我這樣。也沒有人還在畫畫。除非他已經是畫家了。我是自己假裝的畫家。在一年三百六十五天當中，只有六十天我會假裝自己是畫家。這樣已經夠了。在台北這地方苟活。我對台北的壞話很多。都被我的貓吸收掉了。在台北我不厭其煩地去畫畫。去寫那些不討喜的東西。那樣專心的神經質。把自己壓縮成一本本書、一張張畫。

老玻璃來借住我沒有很喜歡。那會破壞我的獨處時間。但一年一兩次也就算了。他會來台北做美容手術。我沒有問過他做了什麼。在老家做會被他媽媽發現。這次他說是來送朋友最後一程。我也沒有多問。後來他自己說的，朋友不到四十，在睡夢中往生的。大體已在冰櫃，他去了朋友的房間。說，他還在那裡。隔天，他又再去一次，去土地公廟拿了香去點。

那朋友是他每次來台北都會找的。同志圈的。父母還在，是獨生子。他秀照片給我看。一個很陽光的男孩。說他每次都要喝得爛醉。前一天晚上有去喝酒，隔天就沒有起來了。因為是一個人住，沒有馬上被發現。他的男友隔兩天才發現他走了。

他有寵物嗎？我想的是如果有寵物，那寵物要找人接手。

沒有，如果他有的話，就不會每天晚上去喝到爛醉了。老玻璃說。

我根本沒空沒錢喝酒抽菸。整理這些貓、一個小孩。已經夠了。從小孩回到家到他入睡。我才有一點點坐下來的時間。晚上去喝酒這種閒情已經是上輩子或是下輩子的事了。只要一觸碰到那些貓，就哪裡都不想去了。馬上被打中麻醉槍。酥酥軟軟只想睡覺。窮人養貓，不用喝酒就醉得不省人事。不用錢的。每天睡得穩穩的。什麼喝酒打屁是太好命了。我生來不好命也沒有關係。我現在想畫畫也沒人能阻擋。

光是整理畫作，抉擇哪些該留那些該丟，半天就會不見。而且毫無結果。一疊一疊的紙。看起來沒有很厚。我都畫在那種薄薄的紙上。光是要一張張看、哪張要補畫、要做什麼用途、分類，沒有很大的毅力是無法積極的。很大的毅力來自錢，或展覽需求。光是要準備一個展覽是真的哪裡都不用去的。整理最花時間。還要張羅呈現方式。要不要框。想到這些時間就會被大雨全部沖走。

有次我的窮病發作，在二手店迷上了二手框。看到還用玻璃的二手框很興奮。現在的框都用壓克力版了。重點是還很便宜。我挑了五個。為了這五個框。我加了一個行李。坐飛機帶回來的。結果目前還是擺在地上。連仔細包的氣泡紙都還沒拆完。要把剛好大小的圖放進這幾個框，我知道又是一個幾個小時的時間，後來發現遠遠不只。整理分類、小畫自己掃瞄，一掃掃去至少一個小時。別人還以為我閒閒沒事幹。好像很有閒情在畫畫。對這些人，我一句都不想浪費口水。

整理畫作的時候，總是感到喪氣。我奮鬥了這麼多年的畫布活。令人喪氣。美術系四年。之後沒有閒情去碰畫布。一直到快四十歲之際，忍不住重新以壓克力嘗試了一下。因為畫布的量體令人不敢領教。畫出來一塊一塊的。牆上沒地方擺。很難收。也不太敢畫大張的。運費很貴。而且它可以一再修改、覆蓋的特質令我一直有畫不完的感覺。

老玻璃又問，你還有和誰誰聯絡嗎？天吶我最討厭和舊識見面要知道別人的動態。我根本沒空管別人。那個誰誰去大陸教書又回來了、在士林買了房子。買房子？這麼貴怎麼買得起？他父母出的吧。讀到博士在台灣找不到教職、妻子都有了。人生還好有父母的幫忙。看起來還過得體面有模有樣。

要是我，讀到博士還這樣在地板上沒畫架畫畫。別人不會像我這樣孤獨這樣展示自己的窮、無依無靠。

為了五個去二手店的戰利品二手框，我開始為框打造不同尺寸的畫，畫來畫去都是兩個貓頭、和一個變態吸貓人。一個早上就在拆畫框、量紙大小。接著從下午到晚上花了快十張。畫完了。

打包去給攝影師拍畫，為了讓自己有力氣，十一點就去買飯。吃飽了開始打包。以前省著用、回收用那些泡泡紙，現在終於想通花了三百八十元去買了一整大捆，回頭想想是不是算貴了。把一個跟柱子一樣的一路扛到捷運，還好尺寸沒超過。下捷運扛去接兒子，再一起扛回家，大部份是我扛。雖然很輕，但這根柱子很大。在夜色中，兩個人扛著一個巨大筒狀物，有一種漫畫感。

以前是兩張畫面對面再一起包。現在我是一張一張包。二十年來，第一次這麼奢華的用泡泡紙。早該如此了。又不是多貴。兩張兩張尺寸一樣的搬來包。發現地板又貓毛又頭髮。只好先清了地板。泡泡紙根本無法全攤。全攤我人沒地方蹲。窄來窄去的我的手一拿起剪刀就俐落了。包裝也很俐落。一下子也想不起來我怎會如此俐落。好像做得很熟了。一張一張包、一張一張排好。至少兩個小時吧。總共整理了三堆。分裝進三個袋子。只有兩隻手我也習慣了。一個人搭車去，東西分兩趟搬。習慣了。攝影老師每次推開門看到我都很吃驚，你怎麼搬的？下次叫我下去幫你搬。沒事，我就懶得麻煩別人，多走一趟而已。畫沒有很重。還行。老師竟然說我變壯了，以前太瘦。

結果回程上我一直在想這句話。變壯。這肯定是台北人的客套話。

我去買一塊一號畫布。為了放進我大費周張帶回來的二手框。研究半天發現它應該是要放一號畫布。我順便要買凡尼斯。畫完塗上保護用的。一號沒有麻布的。店員東找西找，說只有零號有。這是隱藏版，就是其實是全麻，但應該是用零頭的布去綳的。隱藏在仿麻畫布堆裡，價錢也是仿麻價，所以買到了就是賺到。聽店員這麼一說，我手上就緊緊拿著那三個零號隱藏版。窮病發作。又看到一個四十塊的麻布，買了兩塊試試。又揀了兩條綠色顏料。結帳時竟然要七九二。我想問，怎麼這麼多？但馬上把話吞了回去。我的窮病店員應該都知道。他不會多算我的。一個畫布六十，我揀了四個。那罐凡尼斯兩百八，就五百多了。加上兩條大條顏料，還有兩個四十的小畫框。

買材料的錢是沒有計算的。算了也是嚇自己而已。拍畫就拍了一萬二。計程車來回就要快八百。這些東算西算又沒有要和人報帳。全部是自己的。只有去美術社他們不會問我，要不要打統編，已經知道我是個體戶了。

他媽的藝術家，我放棄成為藝術家了。我早放棄了。那些教人看不懂又拿天價數字的作品。但那也是人家的事。人人有命，有些人就出生在羅馬。我們還在條條大路通羅馬。那些人一出生就到羅馬了。羅馬我也去過了。我也沒和別人說。也不能說我放棄成為藝術家，應該是我沒當成藝術家。進不去這個圈。只能自己偶爾畫畫。和老玻璃也不用多說了。他也是靠父母。靠了很多。我沒父母靠。我父母不讓我靠。我就剩自己。還要被別人說不好相處、孤僻、沒朋友。

長這麼大了還在畫畫。還以為自己是小孩。還在做這些不賺錢的事。那些人就這樣說我的。人生也有限。老了就沒力氣畫畫。每一年最期待的是畫畫布。每年畫十張。不能多。畫布佔體積。成本又高。時間也投入多。也不好賣。積在家裡要空間放。是故一年十張。或是兩年十張吧。反正有畫展時就是十張。畫布慢慢加大。從三年前開始畫十號十五號。去年底叫了二十五號三十號。十張到現在還在修修改改。前兩年賣不出去的，就再拿來畫過。

我不畫草稿。畫布常是塗了又塗。改了又改。管它的。我不做美術系那套。全部畫錯的、不喜歡的都可以塗掉。全部都可以被塗掉。一定要有這種想法你才會自由。今天我沒把燈開到最大就開始畫畫了。把餐桌上便當盒帶來的橡皮筋收一收後就去畫畫了。

要把自己安靜下來的最快方式，就是去坐在畫布前。我畫畫的時候就聽到了那隻貓的呼吸聲。穿透我身體。我就看到了那隻蜜蜂飛進來。看到牆角裂了一塊。水泥屑掉出來。我感到那些強壯的生命在我指尖。那些說不清楚但強盛的生命。就算在睡覺也有的生命力。就算不洗澡也發出原始香味的生命力。這種從頭到腳的生命力。我為什麼要畫畫。因為我的阿美在每一張畫裡。她是最永遠的存在。因為我真的被逼到無處可去了。除了瘋狂靠近貓的身體。我只能去到畫布裡面。

我畫畫的時候我媽媽就來了。看見一個一無所成的女兒。永遠長不大。像個孩子任性地在做事。滿地的未收拾。我沒想過要和她報喜。從沒想過自己要有什麼成就。我的頭腦無法有這些。我來畫火吧。一把一把的火燒掉那些人。我的手我的臉碰到阿美的時候她就進去我身體了。我們一碰到彼此是又圓又亮。通電成了發熱的大燈泡。我就熱起來。就有了力氣。我借用這些動物的身體在活著。我喊她的聲音就像喊我媽媽。

我常在想我媽媽會如何整理這些。把我全部的紙張作品整理好。讓我媽媽的手附身我的手。我的手以後也會跨越時空進入我兒子的手。他可能不知道。這十年來我所做的是一個單調極致。每天固定在一個方形之間來回。昨晚不管三七二十一我八點就進去睡了。

帶兒子去賣畫,就在我和對方寫價格時,他說,這個只有一張,為什麼要賣?這句話刺了我。一直到回到家,我才說,畫當然是要賣的,留著我也沒用。

我想好好地沉迷於畫畫。那樣不顧一切地塗抹。畫壞了就是一張畫布而已。

老玻璃來台北都會來借住我家。來借個房間睡覺。一起吃個飯。因為他總是來我家，所以我正在做什麼都被他看到。我家裡畫布滿地的狼狽樣他也看到。動不動問我要不要去找工作總是讓我很氣。我忍不住透露我的年收入好讓他閉嘴。說明我在家看起來沒有在做什麼，但還是能掙錢的。至於我真正的家人，反正我也不靠他們，他們也不靠我。我就成為別人眼中的窮人沒差。

我不明白我打這一大堆的廢物要幹嘛了。寫廢物論嗎？自己欣賞那些畫。連牆都掛不下。一開始就說我家裡沒牆了。台北這裡人人都要有靠山、有背景。空間不是沒有。你要有門路。我沒門沒路。只有自閉。人家問我，你為什麼要去撞別人的牆。我沒有。我就去丟石頭。丟了就跑。

真的看到一個人哪都不去關在家裡畫畫，每個人臉上都會有問號。那個問號就是誰在養他。

為了生存，我也硬起頭皮教畫畫。很少堂。不是每週都去。有去才有錢的。我常在他們身上看到年輕的自己。原來有這麼多人和我一樣。心裡想的是，要是全部人都想在家畫畫不去上班，那這國家不就完了。這國家就靠畫畫的人行嗎？好命人家才能養出這種社會的叛徒吧。好命的國家才養一堆畫家吧。

大量的冬天。大量的垃圾。大量的颱風天。變化多端的天氣。畫畫的時候把自己關起來。把你的苦像經血一樣排出來。和貓一樣靜靜地坐在這個世界的地板上。我打掃自己的文字。打掃自己已經沒有乳汁的乳房。變成那種底部裂開的果莢。準備在風中炸開。掉進土裡。

我在異鄉弄出一個假媽媽

我是被分割的。做特別多的事。也許我不該去想能不能專心這件事。能畫畫當畫家當繪本作家還想畫漫畫。寫散文還想寫小說。還要去反抗。去救貓弄公益。弄這個承受公眾壓力。要寫自傳我自己寫。我根本不想寫。我的過去不重要。一點都不重要。全都是我瞎編的。

我注定分心。神為什麼給我這麼多隻手。我看我的手。又要我前面浪費這麼多時間。我明天要整理詩集。明天好。如果能創作到六十歲。我還有幾年。我害怕想未來。幾年了，每年都這樣頭腦密集滿身靈感。對兒子大叫不要過來吵我。

因為我是亂闖的。手也特別發達。什麼都要會做。我能在異鄉弄出一個假媽媽。能弄出一個會咬我會大便的靈魂。我會磨破褲子會穿人工毛料衣。會寫詩會畫畫。會每天作好夢。我還有六隻腳和昆蟲一樣。我每天抱那隻臭貓就會生出一張大翅膀。想飛就能飛。想睡就能睡。

我能寫篇文章聊聊我的分心。我寫到一半去曬衣服。又去洗廁所。還要去給貓打針。打針的手在發抖。硬著手去打的。我的手畫了那麼多的畫。清貓屎貓尿。鼻子吸了足夠的貓臭味。身上穿了足夠厚的毛衣。我變成那些貓了。順其自然比那些做作的人好太多了。

每一天，我的手要做這麼多的事。我的手只要碰到貓就會活起來。我的心臟只要抱到貓就會強壯。我不像他們喊要強壯、要幸福！我什麼都沒有想要。我沒腦去想我要什麼。我現在能做這些就一直做一點一點做。我沒有目標。只有一點一點一天做一點。因為我的手要做那麼多事。我的手動不動要被我的大靈魂咬。不會痛。

我一下要分心去談這本書。一下是另一本書。一下是教版畫。一下是教繪本。一下還聊漫畫。全部都被分割。割到我身上切線滿滿已經麻木了。十年來我是靠分割存活下來的。分割變成我的專長。一天一週可以做很多的分割。分割到低頭看自己的手。竟然還是完整的。

一座一座三角形已經長好了。我和三角形耳朵睡了很多很多覺。好像和她睡覺後才是真正睡過了。

人生一邊貪戀睡覺。一邊貪戀創作時光。不管做什麼事已經習慣了分割法。連睡覺都是一邊作夢一邊和阿美鬼混。

我畫畫的時候就去了那個安靜的地方。還有我有那個地方可以去。不用去理會那些真真假假的事。真的事又不能說。假的事我也不想說。每一個對話都要用「請問」、「麻煩」、「謝謝」，我已經厭煩了。厭煩這種過多的詞彙。要逃避那些文字，我只能專注在畫布裡。可那也非常有限。我只好不去放大想這些。入鄉隨俗不就好。這些可怕的禮貌文字，慢慢滲透進我打字的手。我沒有因此變得更好。這種表面的禮貌無法解決問題，甚至只是把人搞得更心煩意亂。

我就要一直礙眼地發亮。我要把音樂放到很大聲。我要振作起來。我急得光火。對方在電話都感受到。

今天早上打算來畫畫，當我這樣想的時候已經十點二十三分了。前面我在想沒有放貓砂的事要找誰。沒有買藥的事要找誰。有貓要買藥。有貓去新家要關心。有人叫我幫忙安置被棄養的貓。有人問那隻傷重貓。老貓病貓要選誰先出來。下午有貓要去新家。下週有貓要出院。有貓要手術。每一件事來來回回溝通，都要用「請問」、「麻煩」、「謝謝」，我感到自己快往生了。

要打點材料。要備課。很多的細節。特別是對第一次合作，或是只會有一次合作機會的人。很多來來回回地溝通。有時我不耐煩了，那是不是不要了。對方會馬上毫不猶豫地道歉。好像道歉也和拜託二字一樣，嵌在他們身上了。講的話已經不用經大腦。全部變成肌肉反應。

我的貓隨時像一個垃圾在地上。我問兒子，這是什麼？是拖鞋。我想要這樣自然的對話。已經找不到。身邊的人一個比一個有禮貌。一個比一個高深莫測。我多次想說，你能不能直說？我多想拿把刀去比在那些人的脖子上，你能不能像個人一樣說話？想什麼就說什麼？不准再彎來彎去，你不累嗎？我知道你不累，但是我很累！能不能不要再說「請問」、「麻煩」、「謝謝」了。去你媽的。去你爸的。

這城市的禮貌病導致的吧。處處想挖別人、想害別人、想污蔑別人。我進去我本不該去的地方了。已經去了。已經看到全部的黑暗了。也已經被打到面目全非了。我現在坐在這裡打字。對這座城市一半是恨。恨不能成事。我的抗爭如此孤獨。孤獨又單薄。一個颱風一來我就因為不熟害怕了。我不熟的東西太多了。那些繞來繞去的東西。那些心機算計。雨水不斷。這城市特別多的雨。特別地濕。我是打不濕的。

畫畫的時候，我就去了那個打不濕的地方。在我奮不顧身的寫作中。已經成為他們眼中的神經病了。不管去了哪裡，我做我自己就做成了神經病。就做成了背後中箭。沒人敢來醫我。我自己醫。自己報仇。沒有什麼格格不入。也沒有什麼融入。我不敢打人、不會打人、不會發瘋。我只能去到畫畫那裡。只能去到寫作那裡。在一個沒有人的地方。靜靜地去到另一個世界。

在這個沒有牆可以掛畫的地方。我就偏要畫畫。就偏要放在地上畫。全身的骨頭好像不是我的了。貓還要去亂尿尿。我把地板擦了一次又一次。低頭聞嗅哪邊沒擦到。那些書堆被移來移去。我不想回收它們。那些畫布被我塗了一次又一次。覆蓋了一次又一次。我一天到晚在做徒勞的事。我連神都不想問了。有什麼好問呢？我在畫畫的時候，已經去了很多的地方。那些都是我去過的地方。沒什麼好怕的。

我是亂闖的。沒有去想過他們的禮貌病。可能講錯很多。得罪很多。也中箭很多。中箭不會倒。驚濤駭浪。自己穩住小船。

我在冬天迫切尋找媽媽

阿美，在年輕的時候，我不會留意到冷。我沒有過帽子。沒有厚毛襪。沒有無指手套。可現在我每天在室內打字，手套是必備的。我把無指手套拉到手腕處，我的手腕會冷。脖子會冷。頭會冷。衣服遮不到的地方都會冷。因為冷，我很早就上床睡。是因為冷，不是因為想睡。一進到雙層的被窩裡，一股溫暖就睡著了。我在冬天迫切找一個媽媽。我不能沒有媽媽。

十二、十三度。我已經失去鬥志。手掌像斷掉一樣沒血。在室內把門窗緊閉還是冷。這幾天讓我尤其想離開台灣。回到老家沒有冬天的地方。冬天第一是變重。無可選擇地變重。光是身上的衣服就是一公斤多。還有想睡，胸無大志，變成像動物一樣想和動物緊貼在一起取暖。山天是找阿美這座棕色大山，晚上是緊貼兒子。人失去了獨立行動。我不想和別人講話。不想出門。不想動。這是冬天病。

我開始幻想回老家買房。回老家找工作。幻想退休生活。幻想離開這個變態把貓關在收容所的城市。薑水喝下去的暖度持續不到半小時。身體像斷電一樣難受。特別是我的手腳。找不到無指手套我簡直活不下去了。受不了開了暖爐放旁邊。像個老人一樣。開始像破娃娃那樣打噴嚏。頭腦不太運作好像結冰了。在冬天全部的皮膚都變老了。

這種溫度我完全顧不及要寫作要創作，不管一切去吸在阿美身上去睡覺。冷的唯一好處是讓我像動物一樣。讓我體會成為一隻動物。身體總有一部份吸附在阿美身上，鼻子、臉貼著毛最好，好像他是我身體的一部份，那種吸引力令我失去自我，滿頭滿臉的貓毛，變成一隻動物。我的鼻子，我的熱帶鼻子，一碰到冷風就要流鼻水，在家都不想脫下口罩，第一次覺得戴口罩這麼無感像穿了內褲一樣自然。家裡只有一間房間裝了暖氣空調，可我不睡那房間。第一次用這種暖氣時我根本捨不得離開，一下就昏昏欲睡，暖或冷都想睡；可這種暖氣很難用，因為貓喜歡進進出出房間，房門關不得。暖氣和冷氣不一樣，你會想開個暖氣暖一下睡覺時關掉，像夏天開個冷氣冷一下那樣；可是暖氣消失得超快，只要停了沒一小時室內變回原本的冷。

冬天病還逼我去開伙，因為實在太冷了，要開火煮東西。冬天不喝湯不行。我的體內快結冰了。我史無前例地每天煮，每餐都想喝湯。最後投降的方式是和暖爐坐在一起。一人用一台。沒法去管浪費電浪費能源的事。冬天到底消耗了多少能量，熱帶不會有這種問題。熱可以忍受，不動就涼了，冷是越坐越冷，雙手冷到無法再坐著。

我在冬天變成一塊石頭。沒有人認出誰。

我和阿美是同一塊石頭分裂成的兩個人。死後我們要合併為一塊墓碑。

所以我想寫這樣的詩、想振作起來寫。這樣起飛又降落。全部是坑坑洞洞的。

所有的時間加起來。已經老邁。冷硬。動不了。
這地方很陰冷，令我很想睡。每天都很想睡。
這個地方，看到媽媽的身體就沒法專心。
這個地方令人想睡。令人臃腫。冬天的一切還是很吃力。很吃力。

今年冬天的草莓

我媽媽奮力地鋤地，冷風、車聲把皮擠破了。雜草拚命擠出來。她拚命除草。除死厄運。

雜草站在母親身上，就即將出現強風。去曬太陽，她眼睛就變小了。把小遺傳給我，把冷遺傳給我。冷把我切得整整齊齊的。我們的房子已經緊閉好幾天了，和一堆動物關在一起。我們所經歷到的光線，已經不是白天了，緊緊跟隨的冷，現在摸起來很軟，冷讓我飛不走，讓天色暗了，讓我沒那麼確定了。

十月底了，冬天來到了我們的農地。給我們年尾大風，給我們一管一管的冷。大風大雨掉在我們泥土上，那樣昏沉昏沉的腫脹。我天生叛逆的尿液，滑進爛泥裡，被泥土吞掉了。一串串的透明，風切進我的尿液。冬天爬進爬出，是溺死的人變成的冬天，它的手永遠冰冷，我的貓就用牙齒咬上去，咬死它。冷貼在家裡地板上，我拿掃把掃它，拿拖把加漂白水拖它。

烏鴉變瘦了，沒肉吃。我們的草莓也瘦瘦小小的，越來越多的只有螞蟻。我因為冷胸無大志，因為冷精神錯亂。貓靠上我，我靠上貓，吸著吸著幸福地睡去。天色才四點就昏黑，雨成這樣，沒有鳥，也沒有月亮。我緊貼那隻醜貓胸前，好像世界上只剩下我們。冷冒了出來，我蓋了一條又一條的被子。

在太陽裂掉的地方。滿地的雜草，柔軟了牆壁。我看貓的碎花裙子，那裙子就越膨越大。我從貓的身上把太陽拉過來了。醒來，醒來我的手，抱貓很多次我的身體才醒了。每天早上摸到外面那隻叫圓圓的貓。在那些無法順利生長的東西上，我的手才醒了。

越來越多的只有螞蟻。今天的骯髒泥地，即將出現強風。今年冬天的草莓，一點都不整齊，一點都不漂亮。

月亮你渾身都濕透了吧。月亮消腫了。屋外野草又抽長了。螞蟻聞到這些，聞到這些根深柢固的濕氣、根深柢固的冷。今天的冷風讓雜草快速成形了，因為鳥不停在叫。割草機的聲音消滅了我。

連七、八天都沒出太陽。雨變多了。山也變多了。繞過一片黃昏，茂密的冷。什麼蚊子、老王，一片葉子冒出來了。沖幾遍，十幾遍的黃昏，夜晚就四分五裂了。什麼冬天，什麼河流海洋，全都被拔走了。

今年的第一道寒流，全部門窗都鎖緊，光是站在門邊，就覺得冷。就算全部門窗都緊閉了，貓都各找一個溫暖處睡覺，沒有起來過。一隻睡在床上棉被上、一隻睡在枕頭上、一隻睡在雜物堆裡我給牠的一塊毯子。

而今年冬天的草莓，快要完成了。一點都不整齊，一點都不乾淨。

我放了一張桌子。一雙眼睛，在那裡縫著。

現在的標題、文稿七十張。要去倒垃圾了。

那個半圓形的月亮。颳了一陣簡陋的強風。

馬路已經全身濕透，連七、八天沒有乾過，狗也全身濕透發出悶臭味。

那些黃色粉紅色淺藍色的方便雨衣，被吹壞的傘，像落在河底髒很久了。

全部的風、全部的雨都在過冬天。月亮只剩半圓。

我和冬天有仇，我走出去要殺它。

明天要去貓那裡。在貓那裡，想著要去貓那裡。在貓那裡，是那樣溫暖啊。

那些一身寒氣的老東西。蚊蟲樹精。住在大橋下。從那裡可以看到跟烏一樣小的月亮。

夜晚本來不猛烈，在有泥土的筆記本上，我畫了我媽媽的臉，在窗戶上，風吹歪了她的臉，雨越下越大，我好冷、越來越冷。我的手畫了越來越多的白色。毫無用處的白色，用鐮刀一把割掉。我去和貓睡在同一隻眼睛裡，一隻舒服的圓形的明亮眼睛。一隻我媽媽鬆掉的乳房，通往廢棄的防空洞。烏雲飛快的退去，向太陽駛去了。貓拿走了我的冷，準備燒它。

二月沒有月亮。飛來零星怕冷的蚊子，要和我們一起過年，我毫不猶豫用力打死了，好像我一整天只做了這件事。冬天冒了出來，冷了我的雙手雙腳，一直的冷。冬天來的時候，我就從什麼地方掉了下去，留下了一隻眼睛畫了那張畫。長相古怪的蛾薄薄地停在那裡，薄薄地卡進我手裡。我挽住了牠的手，薄薄的一片。在冷風裡，長翅膀的、沒長翅膀的，我們一起蓋上了被子。

而今年冬天的草莓像壞掉的米，我媽媽要全部鋤掉。我媽媽夢到草莓從她乳房長了出來，然後腐爛了。我載上我媽媽，一點一點變輕了。成群的螞蟻要來吃貓飼料。成群成群的北風打在我們房子上。我摸了摸黏硬的土。強風就來了。那些東西在那裡盛開了像樹一樣繁殖。

今年冬天的草莓已經變成一灘黃色泥水，漂在我粉紅色的夢裡。我們全部人全部動物縮在房子裡，縮在貓的房子裡。管他們去，我在冬天搶太陽，搶貓的身體。月亮在我的假皮衣裡。一點都沒破。給我兒子吸。

大風大雨掉在我的床上。那樣昏沉昏沉的腫脹。一串串的透明。風跑掉了。

我坐在天亮的船上。把手上的傷口浸在水裡。別摸這裡。會痛。

那個半圓越縮越短。掛在被兒子用臭的廁所。

月亮過冬天。月亮過廁所。被兒子用臭的廁所。

今年冬天的草莓破皮了。破掉的種子長不大。

全部的書都起了黃斑。只有我的貓沒有。

月亮渾身都是濕的。我的雙手雙腳完全地盛開。接住了黃色的泥水。

我身上的空房子燈火通明。暴雨燒熄了燈火。

我黏的貓紙箱。浪貓進去住了。一點都沒破。

媽媽我的骨頭發抖了，我去找時間。已經熟睡。在山谷的雜草裡。

時間，可以好好過一年嗎？

你跟我來。我要去的是貓的地方。沒有別的。

我們穿上髒衣服，在有泥土的房間整出一塊地。我隱藏成一條內褲，穿在自己身上。不管別的人類，我和我媽媽在那裡划船。我身上這塊爛木頭，已經壞了。用拖乾淨的地板，收拾好的房間。我要暗下來，變成一隻全黑的烏鴉融入夜色，管它不吉利我偏要大聲叫。

全部全部的冷，湧到喉頭。穿上了衣服褲子，套緊了外套，發不出聲。全部全部的仇恨，都在冬天反覆吹響。

我穿了件瘦皮外套，攔住了不少擦傷。我一點一點地去燒它。什麼冬天，什麼神檯燈，全都被拔走了。強勁的北北風，成群地爬上我的床。等火車對號進站，我想聊一聊冬天的草莓。去找醫生找醫生開有時候這裡冷那裡冷你還是要打去找神經內科看精神科。

冷像乳房那樣膨脹、像鳥那樣要飛、要把風灌進我的翅膀，冷讓幾隻蚊子飛了進來。讓我沒那麼確定了。

緊緊的冬天

每一次，都是和阿美緊緊的冬天。某次回台，阿美對我的反應不一樣了。她喵喵叫。跟我很緊。久違的那天晚上，她自己到了我的臂彎，不停轉身又緊緊地貼著我。身體是喀隆喀隆的火車。我們緊緊地貼在一起入睡。以往，都是我去抱她來當暖爐當助眠器，突然是她變主動了，我們無聲的激情，就在人和貓的溫度火水交融。泥中有你我。再也不可分。

那次起，她開始會在床上等我。或是我把她抱去定位時，她不會跑掉。我們一起緊緊在一起睡了很多夜晚。有時我只有頭臉和她相貼、有時手掌被她整個壓著、有時手掌給她當枕。最多接觸面積是我把臉貼她屁股後，手彎成U形，她就在我手做成的形狀裡。完全貼合。手掌再給她睡。

她的火車聲、三十八度體溫、臭香味、加上她貼近我的動作，那根本是你儂我儂，根本無法起床。每天早上的起床難度是一千度的難。兒子非常妒嫉，他早早五六點就跳起床，叫我幾百次我都不要起床。最後總是搞到兩人各自生氣。

半夜的時候阿美會離開我去活動活動，但到了六點多她又會回來睡得很熟。這種時刻真是極至的享受。她渾身的氣味溫度令人根本無法離開她。緊緊地被她吸著。天人合一。

我和我的靈魂在一起。很豐厚的靈魂。回到家我就抱了我的靈魂，吸了我的靈魂。在台北這個天氣變來變去的地方，寫來寫去都是我的靈魂。我這成年的靈魂。本來是一張很厚的紙。被我寫完了。每個人都在趕路。趕去哪裡呢？

每天奮力萎縮。奮力活著。奮力吸貓。

每天的粉紅色都很碎。我才去想時間是什麼。時間的病是什麼。那個船上的骯髒房子。時間已經變很乾很硬了。時間的病時不時就要發作。時間啊。時間是我剛認識的朋友。還不太熟。

白天的氣息，慢慢退去了。月亮來晚了。這雙眼睛離我故鄉很近。吸一吸月亮。吸一吸淚水。吸一吸烏雲。媽媽，那些雲已經成形了。到那裡什麼都沒有差別。

走快走慢都沒有差別。星星月亮也沒有差別。都是亮的。

火車經過九點半的麥田。已經被砍得面目全非了。
一吋一吋的靜默。並不對稱。只能留在嘴巴裡。擠過人群的痲木。
我媽媽的床已經壞掉了。牢牢給吸在地裡。把時間還給泥土。
人死的時候，不要貪戀任何東西。
你沒有房子，必將脫胎換骨。

媽媽。天冷了那些眼睛在看我。那些緊緊縮起的眼睛。我就想睡。我就使勁地想睡。

那創傷正往圖書館去，走在前方。我來弄。多風的沼澤。去站在那裡。去逆風。

從巨大的神手裡掉下的，一顆顆小巧的死亡。

一本一本的筆記本，都爬滿任性的跳蚤。任性的灰塵毛髮。任性的荒廢。

該停筆了。你要更自力更生。更牢固地釘回去。去和時間變熟。

成群的白蟻低飛。飛在老舊燈管上。

成群的故事低飛。割碎了月亮。

你身上的小行李。搬進那個房間。

媽媽，眼睛變瘦了。一直變瘦。非常繁複的。綁緊一點。不要哭。

你看那裡，有一隻貓。

貓的形狀全開了。蘑菇的形狀。半個月亮都在盛開了。

全部都開了。他們把風趕進窗口，穿在裙子裡。

花開了。坐得到處都是。

然而在這樣的來來回回之間，兩邊都放鬆多了。不會再去對峙什麼。

時間獨來獨往，和螞蟻不一樣。螞蟻爬在堅硬的路面上。船很舊。

關緊的單薄。

這開了好幾個禮拜的春天。

你把你的失敗寫得太好了，把你的憤怒寫得太好了。

只能不厭其煩地活下去。應該長出來就長出來。一二三四五。給你講一個睡前故事。

黃色太陽。黃色惡魔。便將強盛。
青青草地。綠色白色的，都抽穗了。
我的靈魂在飛在跳，啊，穿過玻璃。
我手拿著利劍。飛著飛著。割穿了他們的頭。
他們一個個倒地了。

到最後，風變硬了。縮小了。小在我的臉頰上。我摸到風了。
薄薄的詩集。終於舊了。在時間的胸口，摁熄了。
我家這邊的海會有爛泥。把你的腳浸在爛泥裡。因為它陰涼。
事情順利。破爛的順利。風擦過我的臉。一點都不乾淨。
給小船送一陣風。羽毛種子散開了。重複了好幾遍。全部都裂。開裂到風中。

和媽媽報告說，我們都前途無量。光明耀眼。

輯二　我生來是夏天

打貓皮鼓的女傭

我帶了二十萬回去給我媽媽請一個女傭。這四顆子彈，裝在四個信封裡。四包五十萬，五十張一千元鈔。厚厚一包。過安檢要把身上東西全掏出來。我怕錢太醒目，收在背包夾層裡。隨身現金不能超過美金一萬。我下次不這樣帶錢了，壓力大，隨時警警惕惕，摸摸那包錢在不在，一包在背包，一包在口袋。

我們五個兄弟姐妹一人二十萬，扣掉我老弟。他不出。吵了半天他就是不出。他這樣和我媽媽說，你會讓你老公還是你兒子養你？我不需要遺產，你把你今生的錢用掉，這房子不用留給我們，賣掉有四百多萬，可以請十年的傭人。老弟妙語如珠。說得我媽媽啞口無言。我媽媽另外有一間房子。兩層半獨立，門牌三十二號，我們簡稱三十二號。老弟說把三十二號賣掉。三十二號現在租給人，一個月錢不多，但都進我老爸口袋。我老爸一直有收入，傭人錢他也沒有要出。

這間三十二號，在我媽娘家海邊的村，離市區有段距離。我媽媽沒上班，照顧我們五張嘴，但我們長大後她打很多零工、擺攤賣東西，加上有點小聰明，會投資，又有買房的膽識。這間房從做架構鋪水泥她就三不五時去看，整間房子上上下下不知擦洗幾百次。現在租人已久，肯定面目全非。說起來，自己好不容易買下的房子，卻又變成我爸的名字，自己還不能決定要賣不賣。

我老爸說不賣房子，怎麼說都不賣。我二姐一直遊說，講得很清楚，我們兒女不要那房子，那房子不會增值。我們現下需要用錢；但他頭硬，房子好像也賣不出，於是我們三姐妹，加上我哥，四人就這樣湊足一筆女傭頭期款。

我們五人常吵架，見面三句不和。我二姐愛和我媽吵。我媽說，你最有錢，你買下那間房子。我媽媽總覺得留房子有安全感。三不五時說要搬去那裡自己住，又引來一陣吵。要是有神在上面看，一定覺得我們太吵了。一家七口的事，房子、地，吵不完。我最是局外人，因為我最沒錢，給出這二十萬已經是我寫作事業的極限。他們以前大小帳都不敢叫我出。動不動的醫療費也要好幾百，我也裝死沒出聲。現在請傭人是大事，頭期要一筆。我對數字就是很不在行。此生窮，沒聽過幾個數字。

能有自己的房子是你的福氣。見我二姐不成，我媽轉向我，市價要四百多萬，算你兩百萬、當時我們買下的兩百萬就好。啊。兩百萬，是真的很便宜，可是我買下要幹嘛呢？而且女傭費就沒了著落……這樣也不是。去掛個出售的牌子自己賣，要賣也不是那麼容易啊。我也不是對那房子沒有過想像，想像自己的退休之居，租給三兩單身客，一起請個女傭。房子後面可搭個高高的小屋，我要獨自在那裡睡覺晚上看星星。後面是海邊的小支流，水土土濁濁的。有幾棵碩大老樹在河邊。雜草叢生不得而近，但這片風景算是珍稀了。

家裡有一個外人，總是不自在。我朋友說，才不要請傭人，和一個傭人住在一起，多怪。他爺爺生病時請過，掉錢。他們家做生意，錢大把就放桌上。傭人走的時候，他們要搜傭人行李。意外搜出一張準備拿去做降頭的他們家人照片。你們對她做了什麼？沒有啊。我們根本沒做什麼，她在我們家可好命了！

隨便問任何有請傭人的家，得到的回答通通是負面的。防不勝防的大偷小偷、偷跑。偷跑可就讓雇主虧了一大筆錢。仲介很賊，不負這個責任。甚至在深山的家裡，傭人都可以逃跑，肯定是有人接應的。還有過主人疼傭人，帶著她一起出國玩，未料某天傭人還是消失了。頭期款一大筆，下去是回不來的，傭人跑了就沒了。你會說，這不是有鬼嗎？我大姐不信，她家請傭人請了十幾年，說，這家仲介的不會，但是後來，我們還是遇到了。

無預告的，某天下午，我大姐就說要載女傭來，二十分鐘後就到了。她沒空細說，就從仲介公司那裡載來。問她會不會照顧老人，每個人都頭低低，只有她說好。後來我才明白，她一定是年輕到不知道何謂是照顧老人，才會應得那麼快。

我見她模樣就像個學生。酷炫的布鞋，肯定是她精心挑選過的。T恤牛仔褲，好像是剛到的模樣，身上穿著最好的一套衣。蓬蓬的短頭髮黑色的臉蛋，很學生。她很快去換了一身短褲出來。我們不好意思叫她馬上開工做家事，先熟悉環境。當時是下午兩點多，沒什麼事幹，於是準備晚餐。越看她越像來渡假來玩的孩子。

吃完晚餐，她在屋外的小桌子上自己用了。我大姐的傭人也是這樣，他們不會在主人的桌子吃飯。我二姐家小。沒別的地方。傭人會在他們吃完後再吃。

晚上她從大行李箱裡掏出一張貓皮鼓，說要表演給我們看。什麼是貓皮鼓？他們那裡，會剝貓取皮。這皮吶，越打越緊。我人生第一次聽過貓皮鼓這詞，很不喜歡。我們家就有一隻貓坐在那裡看她。她說，她是學校的代表，說著就邊打節奏邊唱起來。

哇啦呢哇啦喃。依滴滴卡卡咚。咚、咚咚、咚咚咚。

依瑪樹卡依達。依滴滴卡卡咚。咚、咚咚、咚咚咚。

她的雙手是柔軟的，拍在貓皮鼓上。鼓聲很大，她的嗓音唱著唱著也熱了起來，越見中氣。我只聽到一些哇啦呢哇啦喃的重複音。不明所以。

你唱的是什麼？

她自己越講越興奮，我卻越聽越吃力。不明所以，只能陪笑。我只聽到大約是他們那裡，她的家人被追殺，她只好來到了這裡……

我媽還說，以後她可以教我們打鼓。

第二天她割了很多雜草，手被草劃了幾道，中了有毒液的植物，腫了起來。她和我要了一個布手套，她就戴著布手套做事。洗碗時我給她塑膠手套，她就在布手套上又戴上塑膠手套，好像不想把布手套脫下來一樣。

隔天，她的手好像很痛，有點不舒服。我拿了黃藥水說幫她擦藥。她脫下了布手套，紅腫得很。我叫她先去沖水。她好像不懂處理傷口的程序。一雙手黑黑髒髒的還有草漬。我看這樣不行，用棉棒細細幫她清完兩雙手，上了藥水。叫她不能戴上布手套。要透氣，我拿了OK繃給她，她不太會用。沒見過OK繃？沒。

第三天，萬年青的毒液好像開始發作，她全身沒力。

那之後的整整五天，她都沒法工作，換我們照顧她。因為雙手腫延伸到身體全身過敏發癢。我們帶她去看醫生要付醫藥費，打針又吃藥。我們全部人都沒人發生過這樣的事。我又感覺她不是來打工，是來當交換學生的。我朋友說，他們那裡二十歲要出來做傭人，就像我們二十歲出國讀書一樣。

每天一早，她會把雙唇塗上口紅，紅得很，我們看很不習慣。只要有人來，她都會裂嘴大笑用力打招呼，像用力想把自己嫁出去那樣。全身像個發情的紅蘿蔔、像個孩子。我們怕她早晚跑出去跟人跑了。

每天早上，她的工作之一是陪我媽媽出門去練習走路。我媽媽走路不穩，因為腦的問題，總之需要有人看著她，防跌倒，需要走一圈動一動。因為很難走，有時她會選擇騎腳踏車，但上、下、停，都需要有人在旁照護。騎上去後可以很順，傭人騎另一台在後面跟著就好。這位傭人自從騎上腳踏車後，心好像就野了。她會自己騎出去，我們都還沒搞明白、也沒見過有傭人是可以出去騎腳踏車的，我大姐家的傭人從沒踏出過家門。我們不准她出去，她還可以不聽。

有一次，她認出了一棵蔞葉。我媽媽可以用葉子來泡腳，喚她去採集葉子。她很開心。叫她掃貓大便，她臉很臭。拖地我老爸自作聰明買了很貴的可自動絞乾的拖地桶。她還是隨便拖拖，氣得我媽媽半死。我媽媽拖地要用手擰布，這傭人一下用得比她好，還不珍惜。

我爸爸怕虧待她，特地買魚給她煮。我媽吃素的。結果傭人吃的比她好。我爸花了一個下午帶她回公司打電話回家。等她聊了很久很久，帶有腔調飛快的語速，我爸一個字都聽不懂。當天晚上她說她不吃，像演戲一樣，說打電話回家已經吃飽了，那天晚上心情不好。

我拿一本沒人用的圖畫本，叫她坐下來，和她說我媽得的是什麼病。我盡了全部力氣安排她一天要做的事，一週要煮的食譜。她像學生一樣在封面寫上自己的名字。

後來我買了新的布手套給她，叫她要砍草一定要戴。

結果她做什麼都喜歡戴著手套，像演戲一樣。

沒事的時候，她掏出些紙來寫東西。我偷看過想確定是不是某些咒語。她不知道要關電風扇，好像不敢碰開關的按鈕一樣。她需要一個鬧鍾，我爸自作聰明拿了一個舊款手機，那種沒有上網功能的給她，手機也並沒有卡片，無通訊功能，她卻可以沒事就在那玩手機半天。

當然，她的煮飯功力不會好到哪裡去。想必她不夠窮，看她的樣子就知道了。她不知道自己是來做家庭幫工的。我弟弟忍不住當她的面說，你煮這個是什麼？能吃嗎？她退在門口，不停說sorry sorry。我心軟去安慰她，不要管那位先生，他不是住在這裡的。她明亮的眼睛，就是一個孩子。

不要找這樣年輕的，我們有了第一個結論。可我想起我二十歲時也做過打掃，也是認認真真地做。年輕人，圖的不就是體力？我們真的管不住這樣的傭人。一個月後在試用期內我們馬上退了她。我可以想見日後她眼角的光會越來越暗淡，去到別人家肯定被罵得兇。我們實在也管不了了。我們還笑說，她就是麗娜，麗娜是我大姐二十歲的女兒。不行的，叫麗娜來做傭人。不過我也知道，她肯定做不了久，不管去到哪間家。她隨身帶的那張貓皮鼓，肯定對她很重要，也許再也沒機會拿出來玩唱，會封存一陣子。阿美，那鼓皮上的靈魂，是在陰大時走的。後來下了場大雨。

傭人姐姐

剛經過第一個傭人對我們的精神摧殘，我們選的是相對沒有活力的，希望她可以安份工作。

第二位傭人四十歲，微胖，懶懶的沒精神。想說是不是剛到水土不服。後來一問才知道她剛離婚，好像是男人跑了，有兩個孩子，是自己的媽媽在顧。她不太講話，也不太笑。這些我們都不介意。安靜反而省事些。而且她不吃肉，竟然撈到一個和我媽媽一樣吃素的傭人，感覺很珍稀。看起來比第一個老實多了。

她說不會騎腳踏車，不知道是真不會還是假不會。我們的腳踏車都打氣不足，自己打的。附近沒腳踏車店。腳踏車很多台，多半是沒氣，根本沒法騎。於是就只能走路，她陪我媽出去走，我也陪個兩天，卻發現她好像心不在這裡，做什麼事好像都會出岔。

一直是那樣一雙無神的眼睛，好像好的傭人都被搶光了，仲介塞給我們的都是有問題的，但是我們付的錢一分沒少啊。叫她擦天花板電風扇她不擦、叫她洗車她說髒不洗。哪個傭人不洗車、不擦電風扇啊。我心裡對仲介有一千百個不爽，怎麼來的都是有問題的。他們不知道自己是來工作的嗎？反倒像是我們供她吃住、付一筆正職薪水，她做些輕鬆的家事。

我們沒有罵過她。她卻無預警地，在某個平日早上九點到十二點間，消失了。只帶走她自己的細軟，沒偷東西。後來我弟弟回想，說她很陰沉。有種你不知道她心思看不透她的陰沉。我早覺得她怪怪的，有心事。沒偷錢就好，我二姐說。我爸爸裝了監視器卻不會用，不知怎麼回看。怎麼這樣一個人就消失了。她能走去哪裡呢？肯定是有人接應的。

我媽媽老了，也就想找個年輕力壯一點的媽媽來照顧自己。她的女兒除了我之外都賺很多錢。這裡很多老人都有一個傭人。我媽媽叫傭人「姐姐」。傭人叫我媽媽「奶奶」。「姐姐」，是傭人的代名詞，不管我們多大，比傭人大還是小，都叫她們姐姐比較親。傭人叫我們這些女輩「女士」，很尊稱；叫我爸爸「先生」。於是家裡有很多的「女士」、「先生」。大的女士、小的女士，不叫名字的。我們不會介意這些。但發現傭人和雇主之間的隔閡，也許也和稱呼有關吧。

第一位傭人。一個月。

第二位傭人。一個月半。

第三個傭人在隔了一個月後出現了。三十歲。回想起來都更加覺得被仲介耍了。

因為之前那個的陰沉，這個明顯的外向講話大聲，會笑。現在，各年齡層的我們都有過了。不過我們很快發現她也會拒絕工作，叫她要擦瓦斯爐，她不擦、擦冰箱擦洗衣機她不擦。邊掃拖，邊用她的手機大聲聽歌比我們家的音量還大聲。陪我媽媽去公園做運動，她在一邊大聲講電話比任何人都自在。傭人一個有一個的問題，共同的特徵就是明目張膽地懶。能不動就不動，我們五個子女分擔了這些錢，家裡一向省慣了，第一次出大錢請了傭人，傭人卻是如此令人失望不知所措。

她穿短裙。個子不高，豐滿型的。在我家總是穿著膝蓋以上的短裙，長頭髮不綁，沒紮起來過。手機視訊沒有停過，她戴著藍牙耳機工作，我都不好意思偷看她手機畫面裡的家人，那遠方的家人，好像一整天隨時都在鏡頭前。有時她高興，會在鏡頭前唱歌跳舞扭屁股。她講電話的音量之大已經壓過了我家裡的兩位老人家，好像她是主人一樣。

她有兩個手機、酷炫的手機架，手機那端的她的家人，從早到晚無時無刻好像都沒有別的事，有一搭沒一搭地聊，是什麼家人我也沒過問。在鏡頭前有好幾個人。她還交了男朋友，男友在吉隆坡，時不時會和我媽媽炫耀男友要給她一個月五百塊。她比我們全部人都還重視打扮，有天出去燙了頭髮回來，甩甩那頭長髮更是女人味十足，加上她渾圓緊實的下半身迷你裙，來我家的客人都忍不住對這傭人冒出幾個問號。

有一次她一時興起去摘人心果，我不記得有誰叫她去摘。人心果樹上總有一些果實，但太高我們也懶得去摘。她捉了把梯子，我當時尾隨了她，感覺她好像在發洩什麼不滿似的蹬蹬蹬爬上去，也不顧自己穿著短裙，我是女生她也不介意吧。她看來很像爬樹高手，一點也不畏縮。摘得很順手，感覺她可能從小爬樹吧。

每位傭人喜歡做的事是不太一樣的。像我媽媽很喜歡種菜，這女傭是叫不動的。我媽媽很愛包水果，這女傭也是不幹的。煮飯是她們不得已要做。怪的是，我們幾乎沒有遇到會煮的。想說印尼和馬來的口味不會差太多，但她們好像都不太在行，也不太會變通。那打掃呢，掃地、拖地、整理，怪的是，她們名為家事工人，連這些也是隨便做的。有做就是了。常看得我媽媽很氣，說她一個拖把濕濕的亂撇幾下。

傭人會在我們子女面前裝對我媽媽很關心，其實永遠只關心她手機屏幕的另一頭。她做任何家事，都在通視訊。我不禁要想，她的世界，全被這支手機活化了，手機，是她所有的一切，她再也沒有別的事了，好像手機是她長大後最重要的玩具，沒有別的了，一支手機對我們可能只是生活中的一小部份，但她卻沒有別的了。

未和我們告知，在一個平日中午、非放假日，他的男友從吉隆坡搭巴士下來，從鏡頭裡，我瞄到他在巴士車上，接著，近中午這位男友就出現在我們家門前，他從巴士站搭了uber來的。傭人做完午飯就急急出去約會了。那天半夜三、四點才回來。隔天如法炮製。我家兩老完全拿她沒轍。她成了史無前例半夜從雇主家跑出去約會到半夜的傭人。半夜沒睡覺，隔天當然精神有差，我們也沒有說什麼。

我們沒有干涉她的聊天，她完全地放肆。工作被她簡化成只煮兩餐。我媽媽叫她，她會給臉色。叫她做事叫不動，好像我們住進了她家，全部都是她的聲音、她放的音樂。一直到半夜、到凌晨。她好像一隻不會累的火雞。一個對手機有著前所未有的熱情的女人。她的穿著比我們當中誰都還要講究要緊身要有精神，她一頭長髮總是在揮甩在亂飛。

有時候我實在受不了會請她小聲一些。第一個二十歲的傭人一開始和我媽媽一起睡，後來搬到樓中樓去，讓她有自己的房間；到第二個傭人，我爸爸隔了一個真正的房間給她，有門有牆壁的，傭人隨時可以進去把門關起來休息，於是接下來的傭人都有了自己的房間。

等我們終於忍受不了她時，她載了整車滿滿的行李走了。來的時候只有一包行李。走的時候叫了一台車，行李箱、後座通通塞滿，她坐到前座去。基於禮貌我們沒有去問她帶走了什麼。

我們從來不是嚴格的雇主，請傭人最難的是我們無法管好傭人，我們全部人不願再提到她的名字。我們不想動不動去和仲介投訴叫他們的大媽來管教她，那都很暴力，他們會直接賞被投訴的女傭一個巴掌。我想主要的原因，是因為我爸爸想做好人，我媽媽自己沒力管。而我們全部子女，沒有一人真正的身在其中，偶爾關心一下得知一些事又不能做什麼。

一個月兩千八的馬幣一下就燒掉了。人力仲介繼續提供完全沒有品質的傭人。有一半的錢是入仲介口袋。沒有一個雇主反抗過，因為傭人稀缺。

我媽媽開始想她的老年命運，現在沒有子女要照顧她，每個人回來的時間都很短，管不了傭人。我們缺少一個能好好管理傭人的人。我爸爸不行。在很多的怨氣、很多的來來回回之間，我媽媽也不管了。她沉迷於手機影片，一天到晚在聽些有的沒的，音量很大，連睡午覺手機都掛在椅背上大聲地放送。我們沒有人會去叫她小聲一點。她就沉浸在網路世界永遠聽不完看不完的音量裡。久了我也要嫌她好吵。傭人吵，她也吵，我爸爸也加入手機陣營。每個人在各看各的、各聽各的，互不相讓，甚至也不覺得這樣有什麼問題。

好吵。我說不出口。我只說，不要一直看、要運動。看一看我媽媽就睡著了。我不在的話，沒有人會去叫她進房去睡。我爸爸睡他自己的，傭人玩她自己的手機。

我二姐也不太想回老家了。說，以前是要煮給媽媽吃，現在不用了。現在回去也不知道要做什麼了。我們不可能像管小孩一樣去管媽媽不要做這個、要做那個。

在很多的來來回回之間，慢慢天數變少了。兒女們回去的天數都變少了，我自己也是，講的話也是意興闌珊的，沒什麼好講了。我和我兒子，現在也都沒什麼好講了，不就一起吃飯。偏偏我又對吃很不在行，也弄不出什麼特別的給她。每天吃傭人煮的會厭倦。我久久回去一次，她會史無前例地說要請我去外面吃飯。偶爾，就那麼一兩次，去外面吃飯。要買什麼嗎？每天出門我都問她。時不時又問，有沒有要去哪裡？

我心想，等我那麼老的時候，我真的不會想去哪裡，我只想靜靜的待在家裡。會悶嗎？偶爾還是會吧。在那些來來回回的蝴蝶之間，很多的單薄之間，一點點的濕冷就足以讓牠們致命、一點點的水就足以讓牠們的翅膀飛不起來。

第四個傭人，有兩個孩子，一男一女，有先生。在那裡，是女人外出工作賺錢養家。她剛來那週，我用我手機讓她和家人視訊，她沒有手機。他們的網路非常不穩，根本聽不到聲音，但能聽得到我們這頭的聲音。她不斷和對方說，到家裡前面！（是那邊訊號比較強？）她兒子成年了，女兒也十六歲了，傭人不停對手機那頭說，妹妹（女兒）在哪裡？妹妹（女兒）在哪裡？家人的口氣很閒淡、很舒服，連上線後，我暫時離開，把手機留給她用。

事實上，這四個傭人，我都覺得她們長得不差，雖然在我們這裡做的都是勞力工。她們的膚色比較黑，頭髮有點粗捲，我覺得很好看。這個傭人比較老實一點，從她沒有手機這點，她也不塗口紅，前面那三個實在嚇死人了，我覺得她們不塗口紅比較好看。自然健康的棕色，比我們要白不白、要黃不黃、要黑不黑好多了。

我帶她去超市買足半年的衛生棉，她非常客氣，不敢挑選。我選好了她就像個下人一樣幫我提著，我自己覺得很不習慣。有時候，我覺得我媽媽管不了傭人，我也管不了傭人，因為我們自己就是傭人。沒有傭人前巴望有人服侍，飯來張口；有了後發現比自己做更麻煩，好像是我們吃她煮的東西手軟一樣，明明我們付了錢，但這份關係的拿捏，我們都不會。

她非常客氣，花了很久我們才知道她會對椰奶過敏，椰奶、椰絲、椰子的副產品在這裡是很普及的食材，變得有點麻煩。為了避免天然的椰奶，想吃咖哩時只好去買人工的來加。她一身的整齊，一頭的長髮盤得整整齊齊，那種順手程度好像是打小就蓄這樣的長髮，她不像之前的女傭那樣，從來不在我們面前把頭髮放下來，之前交男友女傭還花錢去把頭髮燙直，然後一直在展示她的直長髮。就算是傭人，她也有展示美的權力，她想要打扮也沒有錯，想要塗口紅也沒錯，我們都只能尊重她們。

我媽媽會對傭人好，如果是吃苦耐勞那種，但是現在，我們幾乎找不到吃苦耐勞的傭人，都被仲介自己暗藏走了吧。我們這種一點都不強勢又沒有經驗的雇主，只能這樣一個一個試。光是教他們煮我媽媽習慣吃的菜，都已經重複好幾次了。

不過這第四位傭人，她比之前的三位都來得清醒，知道她是來工作的。對我媽媽也很友善。我媽媽，是很容易令人失去耐性的。她的馬來話不清楚、指示不清楚。就算和我講中文都不清楚。不知道哪天她突然開悟了，把那張人家丟出來的老人院病床換掉了，換成正常的單人床。一切好像恢復正軌了。我們全部人都在練習面對年老的種種不便。

我媽媽的客廳有一大瓶假牡丹，紅的粉紅色的，遠看像畫一樣美。不用說，從回收站撿來的。假的牡丹、假的梅花，抱枕上都是花的圖案，紅紅粉粉。都是撿來的，在老人住的房子裡，那些紅紅粉粉顯得刺眼、突兀。他們一直以為學畫畫的人就是要畫那些紅紅粉粉美美的東西，不知道我是一個叛徒。我媽媽不會欣賞我。她欣賞那些沒真正見過的梅花牡丹。

睡吧太陽。全部人都要睡。整個白天滿室的陽光都要退去。這裡的全部。我阿嬤換成了我媽媽。換成了更多更多小孩子的玩具。換成了假的太陽花抱枕坐在沙發上。

再也不用洗碗。再也不用掃地拖地。再也不用煮東西。再也不用做什麼。人還是閒不下來。

傭人掃了庭院。庭院滿地的狗毛。午睡的時間很久。比我媽媽還久。

我媽媽帶傭人去拔草。去包水果。傭人和她的每一個女兒一樣，都不喜歡。弄一弄就丟下她一個人。

我生來是夏天

太陽，你幾歲了

媽媽，我們信奉夏天。冬天讓我殘廢。粉紅色的花苞。砰一下打開了。你變乾淨了嗎？昨天你過得怎麼樣？冬天已經進去我的喉嚨我的食道我的體腔。我每天都會去找我的神。

阿美是我們的神。我打這句時是飛快的。毫不猶豫的。她老神在在的樣子就像神。我們隨時都可去親吻神的臭頭。她不說話就像個神。兒子要考試前都會去向神求個心安。神就供養在我們家床上很方便。不管發生什麼事，只要能貼著神的身體睡上一覺，我就被修復一點一點。和神同處一室總是令人愉快。神的強壯強壯了我們。她的頭就是一顆強壯的頭。去對碰一下就會令人舒爽。她那件皮衣在我臉邊窸窸窣窣。吃手吃腳。很多層次的香臭味。

和她身上的雜亂一樣。

我家有幾尊不同的神。外面有供了幾尊。供神很實際。是真實的給吃。還要打掃大小便。是要花時間花勞力的。我的神會打人的。還會咬我的腳。一有什麼不合她意她一點都不客氣。對我很嚴格。貓砂有一點味道她不滿意就去浴室大便小便。做神的奴隸只能去清。神的奴隸是很好命的。光是能吸吸神那顆臭頭臭身體的味道，已經是人間極樂。能在活著時享用到神的味道，已經別無所求。

神吶。我要開始寫我媽媽了。寫一隻更大的蛾貼在牆壁上。寫我假媽媽的香臭味裂開了。我們一起睡午覺了。假媽媽唱的是海浪的歌。是兩朵浪花的笑連在一起。連在一起就睡覺了。睡得安安穩穩的。

小時候的菜園，土地都裂了。我聞到野薑花的味道。長在土蟻窩上的野薑。那樣慘白的土它都能長。瘦瘦的野薑。彎彎的身體。枯花的濃烈味。敗花的味。在我媽媽的菜園。我媽媽沒有叫我去砍它。

我媽媽穿的是細草的疲憊。那把鎌刀被她揮砍成大的圓形。落在硬土上。

我已經長大了。穿上我自己的孤獨。穿上又脫下。穿破了。孤獨更加地黑壓壓一片。一片陽光下來，就聚焦。就起火了。孤獨因此鮮艷起來。

在我住過的房間，我試著把自己藏起來的每個空間。我就成了那隻長相古怪的蛾。靜靜掛在那裡。準備要去撲火。

我畫畫的時候，孤獨更鮮艷了。冷風一步一步逼近。我就越來越衰弱。往這條泥路走，只有敗壞下去。把靈魂脫掉了。躲在雨點中。踩在草上。孤獨長出根。根更深了。

這台北殘敗的陰濕。沒有一點細草。全部都是人工的。風把悲傷貯存在那些陰濕處。那些綠綠黑黑的地方。雨點打下來。我心裡那份疲憊也陰陰濕濕的。被瘋狗人打的。裡面有一塊硬的地方。摸一摸還在。

散。

太陽越來越蒼白了。在台北的冬天。那些陰濕貯存的晦氣就被吹開四

舊冰廠起火了。起了大火。它本來就停產了。現在更是走得一乾二淨。起火後就順勢拆掉了。焦黑的全部，拆掉就消失了。嶄新的大賣場，覆蓋了過去。

熱原來是到處都有的。去過了台北我就越來越怕冷了。風一吹就縮了。那些台北的冷動不動刺穿我。我每天把自己埋進貓的身體裡。找我媽媽的手。我媽媽的肚子。在我的貓身上有另一間房間。給我的。我進去就安安穩穩地睡著。

舊冰廠起火了。外面有人在大叫。那是過年呀。過年怎就著火了。濃煙籠罩了我們全部人。是夜晚的大火。我弟弟的腳底流著血。我媽媽很鎮定。

我們都很鎮定。壓著。去採蘆薈。其他人繼續看電視。繼續看舊冰廠的火。全部的樹熱到毛孔都張開了。一片片火燒成一隻隻黑色的烏鴉。我還想寫吶媽媽。每一棵樹都要長出刺。堅硬地刺向太陽。

舊冰廠整個爆炸裂開了。我在哺乳。乳汁放射狀地噴出。我整頭的汗。那隻貓靜靜坐在地板上看著穿衣服的人類。我看不見的肺吸滿了黑煙。門開了縫。蚊子飛了進來。被煙熏暈了。自己掉在地上。

我去到那個冬天的地方就沒有這些了。只剩下我自己的手。乾淨得沒有一場大火。乾乾淨淨只有救護車刺耳的尖叫。我在畫布上畫了很多的綠色。很多的貓。我沒地方可去。去到顏料裡。

因為兩邊不是人，我開始做自己的故鄉。它不一定是真的。

我一直都是亂闖的。亂闖進風雨中。去問神，你在嗎？

亂闖去撲火就倒地了。現在恨了。恨成形了。

我現在要下手了。一邊呼嘯。一邊怒吼。有太陽了。
風熄了。樹的根更深了。
我打算寫。從窗口轉過身來的太陽。太陽，你幾歲了。

回鄉的路只有一條

回鄉的路八十四公里。路只有一條。不用查。二姐很篤定。那個地方太小。只有一條路。一路彎來彎去。車速很慢令我想吐。二姐又很篤定說，會經過一個九十度的sharp turn。

我是去安葬我的童年的。非回去一次不可。好不容易說服了我媽媽回老家一趟，我們小時候的家，她竟然答應了。她至少也二十年沒回去了。趁二姐休假時揪她一起。我們推測老房子已經不在。工廠大門已經關閉，但我們就是想去看看。

要是沒有sharp turn，直衝下去會落河。所以有個九十度的急轉彎。二姐記得很清楚。那附近是有房子的。我已經完全不記得去的路。但卻依稀有回程的印象，車子奮力急轉後爬坡。沿途有房子的。

對。我們都記得是「有房子的」，而且是華人的村落。

三十年後，我才看清楚了這個上坡路、這個急轉彎，是黃黃的泥水河。我一直以為是海。二姐說，是河。現在那裡建設了一些遊樂設施。下去走走。有什麼好走的？我想去看仔細那急轉彎，可二姐不喜歡半路停車。我們當天去又回，回程不經過那個急轉彎，原來有一條新路，可以不用經過那裡。是因為有車子直接落河嗎？二姐說不知道，她又沒有住在那裡。

回鄉的路只有一條。我們全部都出來了，已經飛到幾千幾萬里的地方了。因為沒有太多眷戀，才會在隔了三十年才回去。

在那令人頭暈的車程上，我媽媽坐我旁邊，她似乎半睡半醒，一邊喃喃自語。

我會騎腳踏車載阿益（我哥）去河邊看牛。

阿公煮的粥真的好吃。

回去的時候阿公會招呼我，阿妹，來聽歌。
阿嬤還說，阿妹啊，阿公最疼你，現在他沒有了。
你外公，一九九四年底過世。再半年，阿公過世。
我媽媽瞇著眼問二姐，到你的學校了沒？二姐還記得路。她離開時十四歲。因為她認得路，才找她一起來的。二姐說，我學校看出去就是油棕園。多美。會先到二姐的中學、再往下就是警察局、郵局、接著是那個大T路口，右轉再一下子就看到工廠了。
我們的老家在工廠裡面。問過很多人，都證實工廠已經關閉。曾經那麼風光、那麼繁忙的工廠竟然會有關閉的一天。我們已經預料，到了也進不去的，但又存一絲僥倖，或許警衛可以放我們進去。
到了後，發現大大的電動門緊閉。記憶中的大門現下覺得小了。旁邊的小門也上鎖了。警衛亭沒有人。一隻母貓和小貓坐在那裡，見人湊近就閃。工廠大招牌已經御下，擱在地上。我們幾人往裡面探，探不到什麼。全不一樣了、都改建了。我心裡這樣想。沒說什麼。

我一直感覺工廠很大，很空曠，是我的遊樂園。三十年後回去，那些空間都不見了，這幾年加蓋的廠房。那些籃球場、羽球場，空地都消失了。沿途也沒有什麼橡膠樹了，全部瘦瘦的。還可以看到一些。橡膠樹是瘦的，胖的是油粽樹，我和兒子說。

我媽媽沒出車子。行動不便。她打開車門看著工廠大門。總算回來看了。是呀，我們總算都回來看了。在她腦海裡，更多的千頭萬緒。她青春的婚後生活二十年就在這裡，但是現在我們都進不去。我們都好想進去再走一走。那我們走過多少年往返的路。那是我們的家啊。

前門不通。有一個方法，你記得我們屋子對面那間大房子嗎？在加油站後面，還有一個森林局。二姐記得的細節比我多很多。我只知道那間人房子。從車窗瞥見那間小小的森林局。似乎在前世見過。小時候的記憶，已經變前世的了。

我們開車繞到了她說的大房子前面，竟然也無人居住的跡象。兩旁都找不到通往工廠的小徑。我們以為可以從大房子的側邊看見我們的家，沒想到已經被工廠得高高藍色鐵皮牆擋著。

我媽媽一直喃喃自語，早拆掉了，看不到了。看不到了。拆掉了？想也是的，都沒人住了，不就拆了嗎？開了兩個多小時的車程，什麼也沒見著。

我們不就是想要來親眼看看。就算拆了，總有些什麼吧。這個繁華一時的大工廠。

我還是不死心。

我在我後來的貓身上，就聞到了工廠的氣味。聞到了小時候那間房子的氣味。工廠上悶熱的烏鴉群沒有飛起來。牠們不為所動。牠們披著黑色風衣。藍色的。我都還記得工廠大門是藍色的。工廠的大招牌寫了三種語文是藍色的。工廠的鐵皮牆壁也刷成藍色。整個工廠只有水泥色和藍色。

藍色的烏鴉群。侵佔了整座空掉的工廠。和我爸爸一樣是空的。

烏鴉群把鳥糞塗得很厚很厚。在唯一的一棵樹下。

我從兩片鬆掉的鐵皮圍籬攢了進去。其他人不敢。也不宜太多人。他們在外邊晃。

我吸了一口氣。已經聞不到那種幾公里外都聞得到的橡膠球味。更多是生鏽的鐵皮味。久無人類的氣味。看不到任何童年記憶的軌跡。全部都是藍色的長方形廠房。大門全部鎖上。一座又一座。水泥地很扎實。連小草都長不出來。乾旱的空氣。沒有一絲陰影的大中午。我的出現驚動了一群野狗。我不敢動。我閉上了雙眼。

我爸爸舉高流血的那隻手，血腥味吸引了狗群。圍攻他的狗越來越多。

他完好的那隻手揮舞著一把黑雨傘，用力對準狗頭打下去。

不行打狗！我大叫。衝上前去擋在狗的面前。

快跑！快跑！！

我被姐姐們抬回了家。全身是傷。雙手雙腳塗了很多黃藥水。她們沒有和我說發生了什麼事。我至今也不知道。但身上的全部傷，很快就好了。我並沒有因此而怕狗。

我知道牠們比我更害怕。

我不能再往前走了。消失得太徹底了。唯一沒消失的是狗。

我蹲下來看了那群狗。又看了工廠最後一眼。我想起了掃地阿婆。那只竹桿掃把。是那把嗎？掃地阿婆渾身臭味。我媽媽遞給她一個紅粿。她馬上蹲下來吃得狼吞虎咽。阿婆髒髒的手會照顧小貓、會種美麗的花。狗群沒有逼近我。遠遠瞥見一個人影。我速速縮回圍籬後。

工廠後方的排屋住宅，全部看起來沒人住。廢屋。看得出來沒人住。

淹水，我媽媽說，我們那裡地比較高都會淹水，何況是這裡。

加油站也廢棄了。我們好像回到一座鬼城。沒見著半個人。

我們去市區晃晃。從真空道場那裡左轉。路不一樣了。

連去我們小學的路，都認不得了。

因為乾旱，這個毫無特色的小地方更有一種老鼠屎味。

市區大道兩旁的商店。幾乎都大門緊閉。我們找著記憶中朋友的店。是這間嗎？關了。

這是駝背老師的店。這間是我去二樓補英文的店。那邊是馬華公會。

對，市場在這裡。市場？沒人。巴士站。改建了。

大路直走到底就是夜市的地點。我媽媽會去擺攤。我記不全了。我媽媽說，那時我還小，會抱著我。我不記得她抱我。兩個姐姐幫忙顧攤。

擺夜市的馬路，大白天什麼都沒有。乾乾淨淨空空蕩蕩。

去菜市場看看。竟然一個攤位也沒開。我們找地方吃飯休息。店家幫我們掃掉了桌子下的貓屎。破掉的牆壁自成一扇窗。那個洞，好像外公咖啡店牆上的洞。我媽媽突然說，你知道嗎？你四姨，本來叫「四女」，小學校長見這名字，馬上說，這名字要改。改成了「詩女」。後來的四姨丈一見這名字，是先愛上名字再愛上這個人。

從那牆上的洞，可看到外面一盆點點猩紅的花，像發射的煙火。

這裡，烏鴉群瘦了許多。這個小鎮的時鐘早就停了。外面的世界拚命往前。它停擺得如此自然。

在黃昏的菜園裡，全部東西變得鬆鬆散散的。變暗的全部。最後要順其自然的。

那些蝴蝶都變黑了。黑暗又來了。我媽媽已經無法去到那菜園了。已經變暗了、變黑了。

在那個變暗的菜園裡，我摸到了我後來的阿美。

我摸到了阿美就摸到了我媽媽種的菜。從一個一個她挖的洞長出來。

在那個變暗的菜園裡，還有一點雨。我媽媽的身體，比平常更輕了。

我媽媽種的菜長成了我的貓。她身上有從泥土從土地來的震動。

和阿美一起睡覺後。我作夢的份量夠多了。我見到童年那條火車路了。

白色的火車路石子。

因為那樣，我每天都要和那張從泥土來的身體攪拌在一起。

阿美，我要帶上這兩張身體。帶上這兩片靈魂。回到童年的菜園裡。

我就要畫出這三個粉紅色墓園。她們已經把粉紅色強壯傳給我了。

粉紅色的菜園。每天晚上長大一點點。

我不確定這樣的感覺是不是媽媽。我和有毛的媽媽黏在一起。病得更深了。需要母愛的病。

觸碰到那樣的身體的震動。我身上的冷就游走了。

烏飛得很近。全部動物離我很近。我很快就要睡了。用我這件舊衣服。

紗窗破了個洞。五點零八分的陽光。今天在車子裡曬夠了太陽。三十二度。乾烈。

那種油棕樹的風景。我來來回回經過幾百次。那種葉子陰涼的氣味。一次又一次走過這樣的熱。獲得這樣的熱。我是從夏天搬來的。飽滿的陽光。到台北變成一口一口的黑暗。密集的孤獨。一隻獨來獨往的寄生蟲。

這些都是受過傷的地景。這些靈魂是負責風、雨、病和死亡的。吹到半片葉子都不剩。空氣都渴了起來。這些植物讓我產生錯覺。黃褐色的泥土堆。烏鴉姐姐上路了。往更北的地方去。沒有人類去過那裡。

泡水的發燒少年

山裡正在旱災。瀑布沒水了。我們把車停在山腳下的油棕園。和一台在休息的挖土機一起。這是有人走的路，不用怕。看地上的草就知道了。之前來的時候水是到這裡的，現在水位很低。水都變枯葉色了。淺黃色的土。乾到成泥屑。

挖土機司機說，水在上面，比另一個方向。我們走上去一個白土路的大斜坡。很陡。滿滿的石頭。那些不怕死的馬來少年是這樣硬騎上去。下去時更瘋狂，一個摔車的話，光看那些在太陽底下烘熱的粗石塊就夠可怕了。

這是馬來人的地方。只有少數的華人會來。進瀑布前停了兩組摩托車。聽得見馬來人的聲音。

我媽媽不方便，我們沒有要爬高。在這落滿石塊的下游，我們只想找一處乾淨的池水泡泡腳。但真的有旱災。水位太低，沒有流動。水的顏色不好看。像有蚊蟲的積水。我打算坐在大石頭上曬曬太陽就好。正午的太陽。樹也被旱災影響，沒什麼生氣。

三個馬來少年在那裡。一個瘦子大聲的和我兒子說，滑！要小心！

瘦子很外向開朗。說他們三人從吉隆坡騎車上來，等下又要騎回去。那可是至少兩個小時車程。沒有人會幹這種事。

又指指他朋友，說他發燒。胖子穿了一條紗籠布。沒有，卻感覺他好像在發抖。要知道，一般人泡山水，都還是會冷到發顫的。

瘦子爬到最大最高的石頭上，趁沒人注意時一躍而下。瘋狂！瘦子只穿了一條黑色長褲。是乾瘦的。瘋狂的瘦子又爬上去，問我們要不要試試，可以教我們。他們那三人之中，只有他在跳水。發燒的胖子移到了大石頭上躺著。瘦子叫我們看好他朋友，他們兩人往山裡去。胖子在石頭上休息著，不知道睡著了嗎？睡太熟會掉下水的。他濕透的衣黏在身體上。太陽沒有很烈。不信這樣發燒會好，也許更嚴重，不知道是哪門子的土法。

不久，瘦子他們回來了。他瘦長的腳順暢地在石塊上移動。他不在的時候，我試著去爬那塊最高的石頭，發現太陡了，爬不上。他們兩人坐在石頭上，用手吃打包來的飯。

瘦子的聲音經過山水和太陽的洗浸，變得沙啞。我媽媽叫他要去買藥給胖子吃，瘦子卻喊著，我朋友很強壯的！我很強，我的朋友一定強的！一定強！我的朋友一定強的！他瘋狂的嗓音迴盪在山裡。震盪了我。那是少年的自信少年的才氣少年的強壯，我一百年沒聽過這種聲音了。強壯的少年。顧朋友的少年。不知道胖子這樣怎麼騎車回去至少兩個小時，希望他們是三人騎兩台，要平安回家啊。

烏鴉旅館

下機了，沒有馬上回家。老弟帶我去機場旅館看看。說他有個小案子在那裡。離主機場開車五分鐘。

這裡更靠近貨機機場。方圓百里有這樣一間小而乾淨的旅館。機場旅館烏鴉很多。房間外有共用的走道，烏鴉坐在走道的欄杆俯視。每一間房間外都有一隻。都坐了一隻烏鴉。又黑又壯。

烏鴉說，我們佔領了這座旅館。外面全部的大樹，也是我們的。

大門外的白皮樹林，就呱叫著一家子的烏鴉。黑色的身體吸收了飽滿的陽光。全身打理得整整齊齊。準備去出席葬禮。

烏鴉說，我和你一樣掉了翅膀。爬過一堆亂石。走在螞蟻的路上，沒有阻礙誰。

烏鴉在泥土裡安份了。雨聲也跟著走進去。太陽慢慢吞掉它。

機場旅館充分利用了赤道的陽光，廁所在有陽光的中庭，中庭有小森林、各種躺椅，老弟說老闆想挖掉這一切做一個泳池。我們在這裡的餐館吃了比市價貴一倍的餐，已經有在地的風味。比機場裡的好。

旅館外有玻璃咖啡店。透明的屋頂上滿滿是烏鴉屎。旅館和烏鴉說，你們快把旅館毀了。還好貨車、客運司機不會在意這些烏鴉。他們和烏鴉是同一國的。一樣黑。一樣沒有家。家在路上。在車上。在旅館裡。

再過去一點，可以看到貨機起飛。很多外勞會聚在那裡。他們自己搭建了一個棚。有兩排的椅子。辛苦完一天後，坐在那裡看天空。看沒有飛機的機坪。和家人打電話，說自己在一個浪漫的草地，可以看到飛機起飛。我坐飛機的次數多了，對起飛已沒有浪漫想法。對機場那種龐大的空間，稀疏的雜草，人工的空間，沒法喜歡上。老弟說，沒有冷氣又涼的地方是最好的。他們致力營造不用冷氣又涼的空間，這點我很欣賞。

老弟又帶我去見識了大富豪的千萬坪倉庫。聽說中國來的貨都會下在這裡。倉庫好幾好幾座，幅員遼闊。那裡半隻烏鴉也沒有。烏鴉就只聚在機場旅館。

機場旅館在貨機坪的外圍。一開始也只是供機場工作人員住宿。華人老闆說，烏鴉太多，不吉利。想說找人築外圍擋版，不讓烏鴉入侵陽台。不過，外國旅客卻很欣賞烏鴉，烏鴉旅館後來口碑相傳。人變很多。

一到傍晚，夜色剛籠罩之際，成群成群的烏鴉會聚在旅館前的白皮樹林，像是約好的祈禱誦經會，那叫聲此起彼落巨大轟鳴，外國人總是好奇地圍觀，在地人已經見怪不怪，不出一個小時，所有的烏鴉會消失、遁入夜色中。飛往無人知曉的夜晚樹林。

那將暗未暗之際的奇觀，有人說是牠們在交配。有人說是發出控制昆蟲的特殊叫聲。又說，牠們總是生下頭和父母朝不同方向的後代。越是如此，牠們的基因越強壯。

老弟問，你到現在還在作畫家夢？

不行嗎？

我就打算在這裡造我的船。在這裡畫我的烏鴉群。

在我的筆記本裡，那些破詩就留在那裡。

不要那樣，飛不起來。把自己弄得渾身悲哀。

把它剪短。盡力剪短它。放飛它。

勘察完烏鴉旅館，老弟帶我去見識一個落寞的港口城鎮。早年這裡觀光密集旺盛。但重工業版圖越來越大，海水越來越髒。長長的海岸線蓋滿了國內外各大財團品牌的飯店。等這些華美幅員廣大的飯店蓋好後，觀光人數早已下降，飯店空無人住，成了一座又一座龐大的鬼城。

我和兒子跟著老弟妻小一家入住一家風光過的飯店。泳池空無一人。我們去飯店外的沙灘。小小的、地形不好。顏色不對。沙灘遠方，停了一艘超大的船。不動的船。沒人敢下水。傍晚，我往偏僻處走去，撞見一個印度人赤著腳裸著上半身，提著一桶什麼，涉水不遠後倒入海裡，隨後清洗了桶子，雙手祈禱。

飯店走道的紅色地毯已經褪色。彷彿聽到小孩子在廊道上興奮奔跑的聲音。那些馬來小孩穿著貴族象徵的金黃色、黑色。服裝或髮飾令人目不暇給。貴族，不是一般百姓住的飯店吶。有泳池的。孩子們跑著跳著、一個個跳入了泳池。水噴濺出來。

這個時候我又見著了烏鴉群。在飯店另一頭。停車場邊的大樹上。在將暗未暗之際，牠們又挑釁地大叫著、瘋叫著，叫聲被海浪聲融合了，變得沒那麼突兀。夜色中，那艘大船還在。船全身一片黑色。沒有一盞燈火。

我穿著一件過大的黑色外套，就像穿著烏鴉姐姐的皮。

像隻烏鴉一樣在沙灘上走著。

烏鴉姐姐，我們這些在地表上蓬頭垢面的人，也懷著夢想吶。

我穿的衣服都過大。風吹很大。要上大橋了。上大橋去。這是這裡最大的橋了。

要不要坐船去看螢火蟲。每棵大樹上都爬滿了螢火蟲。

那之後，偶爾搭機的前後，我會入住烏鴉旅館一兩天。作為旅途中的稍息。

回台北前一天，我去住了烏鴉旅館。

在烏鴉旅館我要告別全部。我已經很熟悉這全部的來來去去。但每次又像新的一樣。我應該從小就見過這些叛逆的烏鴉群的，牠們教會了我叛逆。

這全部的一切。我熟悉的一切。源自我媽媽的一切。我媽媽已經在尾聲了。尾聲有些令人不安。我住在烏鴉旅館裡。看強壯的烏鴉去偷食物。在這裡我沒有寫作。我只看烏鴉。從旅館窗戶就看得很清楚了。我穿的和服外套，和日本無關。我只想繫上腰帶像一個馬來武士。要把烏鴉裝在口袋裡。黑色的。有力量的。蓋住我瘦軟的身子。我只想要假裝自己很強壯。只想要假裝自己像一個男人。

那些鄉愁都被縮小了。濃縮在我身體裡了。住在烏鴉旅館裡很平靜。望出去是機場附近的草坪。好幾個草坪。沒有人的草坪令人平靜。再遠是高低穿梭的道路。夜裡車子就少了。很安靜。全部的繁華到夜裡就安靜了。連烏鴉也安靜了。偶爾有一些烏叫聲。不會覺得吵。夜裡，我夢見我媽媽緊緊抱住了我。和別人說，緊張的。生來就是緊張的。

窗下滿滿強壯盛開的雞蛋花。沒有人對太陽示弱。烏鴉被曬得又黑又亮。每天傍晚都在一起大叫。叫牠們戰勝太陽了。牠們一起聚在同一群樹上大叫。我戰勝太陽了。我戰勝太陽了。夜晚是烏鴉的。因為牠們穿著夜晚的衣服。

離開前的最後一晚，全部東西都扁平了。一個個被壓在我的皮箱。

再見烏鴉旅館。再見太陽。再見天使。再見雞蛋花。

我身上沒有了太陽。就是假的強壯了。

烏鴉帶來的強壯瀰漫在草地上。烏鴉變青翠色了。

烏鴉姐姐，你趕時間嗎？我現在要開始寫小說了。

大中午飛機要起飛了。機翼的影子清楚地投在地上。那麼乾淨的天空。

這裡沒有烏鴉了。什麼都沒有。要起飛的地方，全部東西都要井井有條。那個飛機小小的橢圓形窗戶，已經看不到什麼了。那些濃密的綠色，已經看不到了。大片大片的油棕園，要在飛起來後才看到。機翼的影子越來越清楚了。大中午，這裡除了太陽，什麼也沒有。大片的機坪。我們人在裡面坐得密密麻麻的。太陽在外面。故鄉在外面。全部都隔在外面了。

飛機的翅膀變大了。準備起飛了。一飛起來外面的東西就消失了。

我沒去想我的真媽媽了。生命裡要略過不談的東西很多。機上一切變得很乾燥。我把自己包得緊緊的。留了一點窗戶。這樣陌生的風景。我老想成是死後靈魂去的地方。那麼高。碰不到地。碰不到地的地方就是天堂嗎？也許那時也沒有了雙腳。也許那時不再在意這些。那些粉紅色的火光，開始在我腦中輻射。想起即將要和假媽媽見面，我全身就變成粉紅色。我忍受那些乾燥。想起我有力氣把仇報掉。一個一個報掉。

那些東西還是無法順利生長。再變小一點。再小一點。成為那些小釘子。和爛木頭結合在一起。我媽媽帶我去燒它。在那個泥土房間裡。泥十被我一層一層用掉了。一下子就用掉了。我身上的破爛還要長出來。還要發芽的。

終其一生，我明白我需要太陽的溫度。我的落後也老了。模糊了。我收集好了那些穩定的南風。在故鄉的很多個海邊。那些南風成群地爬上木麻黃樹頭。吹落滿地的種子。小小的。全身都是刺。

大部份的小船都回來了。各種形狀的。和我收集的那些垃圾一樣。

我媽媽陪我去看屋

我弟弟是老么，我下面就是他。小我整七歲。因為他是老么，家裡也漸無經濟之憂，他花掉的教育費之最，我們四位兄姐全部加起來都不及他。我們上面全部靠自己，他靠父母，心裡偶爾燃起一絲不平，但也都是過往不可究。他讀的是建築，也就是建築師，但我很少這樣看他。他去機場接我，一路兩個小時我們都在吵架（辯論），在家動輒大小吵。我二姐說，要是是她，就不會去接我了。

他因為工作案子的關係，很常跑遠路。案子會持續一段時間，他會摸熟那地方。我存了些錢後，就隨意和他提起，有破屋和我講。因為一般的房實在買不起，破屋又激發我美術系的破爛命，新屋乾乾淨淨保留，我實在一點靈感都沒有。至於我的調調，我弟約莫可以摸到一點。他看的房子又多，或許會有意外之獲。

我們這一帶，破屋是滿多的。他們叫老牙（老爺），獨棟一大間，庭院荒廢無人打理雜草叢生，價錢其實不便宜。隱身在市區小巷弄內，並不是荒郊野外。以前我喜歡陪我媽媽去看屋。我們看的屋可多了。但我也就是以白己的角度看，無關房子的實際問題，畢竟我不是要買屋的人。我媽媽很接地氣，不知道一個也沒多少錢的人怎麼就學會了看屋。她還有個專長是對地點的無所不知，總知道那裡以前有什麼、是什麼。

近幾年我不騎摩托車了，怕死。也就很少東繞西繞瞎兜兒。看到的房子也很有限。開車只能看到在大馬路旁的破屋。我很想要，但實在要不起。

買房子一事，我沒特別放在心上。不過看破屋卻令我興奮。破屋有兩種，一種是老屋有價值的，結構是特別的；一種是很樸實的木板屋、水泥屋。地板都是沒有地磚的。有時我想要一個自己全權的空間想到發瘋，但財力有限，也因為在忙別的事沒積極過，甚至也想過租房到老都沒關係，但好友語重心長地奉勸，有些人不租給老人的，怕死在裡面。她費盡一切去買到了一間房子，看得我也很心動。

我媽媽很看不起這些老牙，但她也管不動我了。這幾年她愛買萬字，我對那些數字的排列組合一點興趣也沒有。她都一塊錢一塊錢的小錢買。我吃到現在沒買過。不過她倒是很愛看屋，自覺眼光還不錯。她認識的人也很多，水工電工油漆工都不缺。這方面我還是得靠她。

破屋在六馬路巷子，本來是一間廟。泰國和尚的廟。兩扇木門被漆成亮黃色。已經搬空什麼都不剩，乍看似乎有個佈置過祭壇的空間。是三間沒有地契的、連在一起的房子。這間是最裡面的邊間，無可挑剔了。房子的前面右邊都是我最喜歡的雜樹林，前面有棵巨大的樹，雖然樹下堆了些垃圾，但不礙我。中間還有馬路隔著。

這裡是馬來人聚落。整條巷子都是馬來人家。巷子口有家歷史悠久的棺材店叫佳興。我媽媽他們都知道。我弟弟左看右看，說這裡下雨的時候很恐怖。嗯，不用下雨，晚上來就很恐怖。巷子沒有路燈。這房子最令我們不習慣的是沒有圍籬，沒有隔起來的前門空間。要是開車進來，人就暴露在外面，從車子走出來、開門進房子這一段，別人很容易就尾隨你進去，窗戶打開通風，經過的人都可以隨意窺探。我最終打消了買它的念頭，不過，它卻有了別的去處。

過了一個月，我最小的阿姨搬進這間房子。用租的。一個月兩百五。我媽媽用一筆「小阿姨資助金」付的。這筆馬幣十千，是我四姨那時作了個夢。過世的外公說，要她拿出一筆錢幫忙自家的弟妹。於是十千給小舅、十千給小阿姨。我外公很滿意。因為小阿姨留不住錢，這麼大的一筆就先放我媽媽手上。給小阿姨終生的租屋費用。當然，他們沒讓小阿姨知道這件事。

要叫我媽媽出門，只有用「去找小阿姨」這一招驟效。世界上她牽掛的也只剩這個妹妹了。

我和我媽媽去找小阿姨。每次我們去，都要先去買麵包。一包給小阿姨。一包我們自己。

我已經很熟了。知道麵包店在那排低矮的房子。買完就要左轉。看到佳興棺材店準備左轉。路另一端出口可通到我大姐家。

小阿姨的鐵門鎖著。一喊就看見她。客廳已經是典型的囤積癖。傳出異味。我都不想進去。我媽媽一下車就對小阿姨很不客氣。責備她把房子弄到那麼臭、好好的一間房子。然後她們就開始爭吵。我退到外面東看西看。

一隻和我的貓很像的貓在對面的卡車上。我去拍。牠跑了。跑到小阿姨房子的側邊。我又跟了上去。貓又跑了。到後面水溝旁的草地不跑了，坐在那裡，好像知道我到不了那裡。

房子後面所幸沒有被小阿姨的雜物侵佔。旁邊的矮樹叢，很自然地被攀緣植物佔滿，在水溝上形成了一道綠色的拱門。我看呆了。彼時午後的斜陽照出了光暈。我拿出手機照出了一道彩虹。

我想在她們的吵架中插個話題。問小阿姨我兒子屬龍今年好嗎？不好。本命年一定是不好。

那我呢？你做什麼好什麼。

我笑開了。心想原來和別人這樣講很有效。

我媽媽面無表情。已經不想理會我們這些無稽之談了。全部的東西過眼雲煙。

我媽媽的腳黏在地板上。拔不起來。有時她需要一塊布。左腳踩布、拖一塊布才能走。有時她穿一隻拖鞋。只能穿一隻。兩隻都穿走不了。有時又不能穿。有時要穿有止滑的襪套。我沒有研究出規律。

時間滴在雨水裡。滲進泥土裡。黏住了我媽媽的腳。

這種黏腳的病很折磨。走一步都要用盡全身力氣。有時沒留意，整十分鐘她都走不了一步。

一定是以前幫你阿公噴農藥，才會中這種病。

月亮又偷吃東西了。它偷吃魚。嘴巴髒髒的。髒髒的月亮卡在破屋對面的大樹。

把我四姨作的夢全部接起來。把小阿姨住過的房子全部接起來。那就是一本小說了。

你做什麼都會好。小阿姨給我的話。這句話真好。我媽媽沒和我說過這樣的話，是小阿姨說的，小阿姨不知道我在做什麼。一點都不知道。

我帶我媽媽去公園

我媽媽要去外面的破公園踩草。現在房屋林立，只剩那塊草地，是夠大片的。可以走。這是一個破公園。中間佇立一個破水泥溜滑梯。裂縫長出了雜樹雜草。

我媽媽說，腳要踩到地。要脫鞋踩到地。生病的毒素會被泥土吸收。所以腳要去踩地，於是要費盡力氣去到夠大能夠來回走動的草地。我老擔心草地有暗刺、狗屎等不明物。我媽媽不管這些。執意用雙腳去踩地。現在的人怕髒，沒有人會赤腳在公園走。

我媽媽帶我去種菜過。去拔草。去澆水。去包水果。我怕蟲。怕蚊子。怕螞蟻。對這些全部做一半。做一半就溜了。沒有人要鋤草。沒有人要去包水果。

我帶我媽媽去更大的公園，要開車去的。她很害怕出去。怕輪椅引人側目、怕遇見熟人、怕見她的樣子認不得尷尬。能走就走一小段。不行了就坐輪椅。我們隨車準備一把輕便輪椅。我媽媽也有了殘疾人十身份證明。我們可以停殘疾人士車位。這身份就只是一張紙。我從不覺得我媽媽殘疾了。病和殘疾不一樣。

我穿上新衣服帶我媽媽去看新的中醫。穿得體面，不要讓醫生看不起我們。

一個禮拜去三次。我開車，傭人負責扶我媽媽走路。我們三個人排排坐在裡頭等。等了一個小時。我推估這醫生比我還年輕。他說我媽媽看起來不開心。得這種病。一定要想辦法愉快起來。我心裡吐槽他，他們就是缺少快樂的激素、就是沒辦法正常地快樂。臉部肌肉就是沒法，不是他們的錯。

醫生看我臉很臭。又對我媽媽說，生病就是要保持愉快。阿姨你有沒有開心？有沒有做運動？這個病不可以一個人在家的，要多和人有互動。

我心想，啊，那多煩人啊。老了也不能一個人清靜。但我媽媽想的和我不一樣，她說有啊，每天有去做環保。

醫生轉過來稱讚我。你女兒啊，陪你看醫生很棒啊。我媽媽笑了。

生病不要去想原因。有些病沒有原因的。反正想了也沒有用。已經得了。

看醫生總是等很久，我大姐說，她絕對不會浪費時間去等那種、又不是正式的醫生。所以她沒法這樣一直陪我媽媽去看中醫。我回去台北後，過不了多久，她就沒去看中醫了。

太陽站起來跑走了。鑽進野草堆了。紅紅的太陽變黃了。油棕葉顏色變淺了。

每一天早早起床。花掉生命中剩下的時間。

現在，一件事疊一件事。我存了全部和我媽媽有關的回憶。我媽媽一次又一次活了下來。我很珍惜。她的頭腦很清楚。只是很快就睡著了。她坐在電腦前面看影片，一坐可以坐上五個小時石化。沒人去叫她不行。她很能坐。坐三、四個小時不用上廁所。我和她解釋脫水的危險性。對付這我們完全陌生的疾病，我們見招拆招。能做的很有限。不管生了什麼病，媽媽就是媽媽。你不會覺得自己的媽媽不好看。因為並沒有長期和她在一起，也不會覺得她有什麼麻煩。因為，我和我假媽媽相處的時間太長了。長到對不住自己的真媽媽。不過真媽媽知道我有了假媽媽，是很放心。我能有這樣的假媽媽，全身就充滿了詩性。

我們去有泥河水的大公園。傭人說，他們那邊的水，比這裡乾淨很多。

和真媽媽在一起，我沒有去計較時間。那些紅樹林，在下午的熱風中很安靜。我們就散散心。走一走。

我感到此生能同時有兩個媽媽太幸福了。幸福到我有力氣去做義工。幸福到我可以忙碌不用擔心自己的真媽媽。那個泥河水的大公園，我們沒有走去看日落。去了素食店吃飯。我很生疏地停車、點菜、付錢。很不常做老大，可現在有機會獨自帶著媽媽和傭人，多少錢我都願意花。只要我媽媽願意出來走一走，去哪裡都可以。大部份時候只是載她遊車河。去看她娘家。到了那個石頭廟她也沒有要下車。

假媽媽無論如何是假媽媽，是我想出來的。我黏假媽媽黏得很。和真媽媽卻是很疏離。很客氣。好像我們都忘了彼此是母女的回憶了。有關真媽媽的回憶我真的不多。所以我習慣把很多動物當成媽媽。不好意思把其他人當媽媽，只好用動物。把動物當媽媽不會不好意思。她們不會知道人類的心思。

終有一天，我會承認，我的假媽媽是假的。媽媽不會有兩個。我不可能那麼幸福過頭。台北大麻只是一隻貓。她後來變成我的靈魂。我有兩個靈魂。有兩個靈魂的人太幸福了。

我寫了很多我媽媽的強壯

沒有人知道我媽媽很老弱的時候，我去黏上一個強壯的假媽媽。她長得很醜，但是把全部的乳汁全部的太陽都給了我。我偷吸了她的強壯。偷上去她的火車。偷去了遠方。我寫了很多次我假媽媽的強壯。傳到我的血我的雙手雙腳的強壯。

我在這隻貓身上習以為常地想起母親。媽媽，我多想熱切地呼叫她。想依偎在她懷裡。但大多數時候習以為常的母親是空的。是被蟲叮咬的草莓。我和我媽媽身上都那麼多被叮咬的洞。那些形狀都是野生的。那麼自然你不會覺得不好看。

除了台北大麻阿美，台北來福是每天去會去弄草的人。身上有草種子。

每天都要咬人。把他抱起來。他的頭會貼我的臉。我會把頭貼他的臉。分不清是誰主動貼誰。台北來福不會讓我想起媽媽。還有台北小福、台北莉莉、台北圓圓，牠們都不會讓我想起媽媽。只有台北大麻從耳朵到肉球，那就是媽媽。

我的假媽媽，把她的強壯傳給了我。那些一靠近就有的聲音。強壯了我。老家強壯的山河水。強壯了我。

我睡過了那麼多的貓。剛搬過來的睡。睡得像神經病的呢喃。把我的兩個媽媽都揉破了。把太陽月亮都揉破了。

躲在雨聲裡睡覺，讓雨的味道進來房子。全部東西都聞到了雨的味道。然後又得火力全開地除濕。我借住的台北房子。

那些再也沒有回來的輕盈。已經空掉的習以為常。在環形衣架上。輕輕地被一個一個夾好。

等風把它們吹乾。收進來折好放進籃子裡。我媽媽的手不摺衣服了。不曬衣服了。

那些被家務事壓下來的刻痕更深。更冷了。摺好你的小衣服。摺好了我媽媽的臉。還是皺的。

世界上的靈魂只要和本體緊緊靠攏在一起就會成為世界上最強壯的火車，可以去到任何你想去的地方。我們自己打造氧氣摸到自己的喉嚨自己的力氣。

聲音興奮的孩子被好好地穿上了衣服。魚缸裡面綠藻密佈。水都是藻綠色的。那是水溝魚。有紫色的有紅色的。那些魚很快會死去。魚缸很快會被清空。裡頭被填了土以免積水蚊子滋生。

媽媽，你睡著以後要跟著光走。

你過河了嗎？去那個有水牛的地方。有貓的地方。不要怕。你會和阿美一樣強壯。

媽媽，我想和你一樣停止生長。我和泥土說話。和菜園說話。喊幾聲。

我身上空出了一大片地。我想停止生長。我不確定這是不是老了。

我渴望媽媽。我不確定那是不是母愛。我和阿美一起睡覺就會長大。我常進去我假媽媽的身體。進去住一下。休息一下。睡覺一下。

我寫了很多我媽媽的強壯。我就變強壯了。在我媽媽的身體裡。我不想出去。

我想穿一件新衣服去找我媽媽。帶我媽媽去公園。

去找假媽媽不用管這些。假媽媽不管你穿什麼衣服。

有媽媽就像家了。像樣了。不管是真媽媽還是假媽媽。

媽媽，我放棄對抗
時間的病去曬太陽就沒事了
去黃色的花那邊找螞蟻

你現在吃藥會有什麼感覺
小時候的病現在的病
不要失去全部的記憶就好
媽媽

我每天黏著一個假媽媽

南南西風開始吹了。屋外的帆布啪啪作響。南南西風帶給我的落後已經逼近了。我媽媽給我的落後已經夠我一生去消解了。我無法擺脫的破洞脫線是變形的落後我心裡知道。我不介意她的落後。我甚至想要保存她的落後。

在外面住一直是很孤獨的，每天和貓見面的次數比人類多，水槽裡貓碗也比人的多。所以我才去吸了大麻的。我才有一個假媽媽的。我動不動要去找我的假媽媽。看她專注地打理自己。專注地一身臭味。我的假媽媽睡很多。假媽媽舔我的手。假媽媽盛開全身的柔軟給我。盛開全部的空白給我。一碰到她就昏昏欲睡了。有時在昏昏欲睡又欲發興奮。越吸越興奮滿腦空白，全身從頭到腳被觸發了黏媽媽欲。

和假媽媽在一起我就昏昏欲睡了。我就感覺不到我的頭了。我感覺到我的垃圾。也感覺到我的心理健康。吸著吸著就到了我的媽媽的泥土房間。下半身接回了上半身。不省人事。和真媽媽在一起一直睡是有罪的。好像你不努力不行。在外面住的孤獨令人意志不振。那種濕冷令人意志不振。那種悶熱令人意志不振。什麼都怪罪天氣就是了。怪天氣、怪假媽媽副作用。抱歉了世界，抱歉了媽媽，為什麼我生來那麼想睡覺呢？為什麼我無法離開媽媽的肉體呢？

在我真媽媽的世界裡，人是不能放懶不能耍廢的。我躲到了外面，在那裡偷偷過一種像廢物的生活。我的假媽媽，我每天黏著一個假媽媽。

假媽媽的身體碰在我臉上，我就感到世界裡裡外外的美好。我的靈魂就黏在她的那顆臭頭上。在假媽媽身邊全身器官都想睡覺。身體的全部器官全部毛孔要靠假媽媽來滋潤。假媽媽過於強盛，在我所有器官裡生根發芽了。假媽媽說，你不能恨別人。這些碎片令人心痛。那碎片在身體裡會痛的。銳利的不規則的邊邊角角。假媽媽說，你不能恨別人，傷口就痊癒了。

假媽媽身上永遠柔柔軟軟的。假媽媽穿一件掉線的毛衣。和我的破洞牛仔褲很搭。冷風撇在我小腿上。我不想去穿長褲。生活是不怎麼樣。早啊仇恨。用假媽媽的大麻味壓住不愉快的全部。被假媽媽搞得隨時想睡覺。早上十一點我已經肚子餓想睡覺。早上九點才吃早餐。兩個小時我寫了一首不太像詩的詩。思考了一下時間的分配。看了一眼行事曆。假媽媽說的話都和我真媽媽相反，不要固執於時間。固執於人生的方向。遇到什麼就做什麼。因為肚子餓我決定放棄寫詩。因為想睡覺我決定關電腦。貪睡吧。睡覺是如此美好。

媽媽，我們先後都要變回泥土。要適應那種生活。我們適應現在的生活本來也是一種適應。我放棄對抗了。接受那些形式。但對那些不公不正不義。我還是要去反抗的。因為做人是一種福氣。我和假媽媽緊密緊密的福氣。我們緊密緊密的臭香味。我現在變成她身上的一隻跳蚤了。去找晚上去找月亮。我要睡覺了。墮落之神來找我了。我和小乳頭一起睡去。

抱歉了世界，我還是浪費畫布。我喜歡畫布。

媽媽，人身上的那些乾旱，一點點鬆軟。一點點搖搖晃晃。一點點撒進泥土。

光一下子就軟了。一下就死去了大半。

媽媽，我都可以看到了。

我進去陽光裡面看看。好陌生的陽光。看得我屁股都是汗。

我也和我的畫睡在同一個房間。這樣我才會夢見我的畫。

夢見鬼臉飛蛾的翅膀掉滿地。翅膀的臉飄下來。風很快。剪掉全部的翅膀。

我想寫這樣的詩。畫過千百遍的。一下就折斷的東西。

我腦子裡蟲很多，和城市這塊乾淨的地方格格不入，還是被鳥吃掉了。因為吸太多大麻了。

大雨犁開了泥土。媽媽叫風去阻擋它。我媽媽叫雨去洗那些東西。那些畫畫的人、教畫畫的老師。

全部東西被雨洗過都醒目了。過一條小馬路就到我家了。船小小的。我們的棉被床。

我媽媽叫我的時候我在抱貓。我抱貓的時候手是冰的。今天是冷天。什麼都是冷的。

各位校長老師，我有兩位媽媽，這是很普通的事。她們唯一的共同點是都很破爛。我早已經習慣一切的破爛了。因為我在吸大麻。我堅實地吸大麻。

我陷在兩個媽媽的乳房裡。陷在肉體的溫暖裡。陷在全部的病態裡裡成為一個瘋子。

而瘋子的身份。是創作的必需。

我老母親留下來的蝴蝶

我老母親留下來的蝴蝶、十二顆星星。腳沒力了。她的腳越來越沒力了。

木棉花盛開。掉了滿地白茸茸的棉球。烏鴉姐姐經過了我媽媽的身體。直到牠長得夠大。住進了那個空白。船載了礦石去日本。日本人打了我們。卡夫卡。紅樓夢。藝術的故事。芒果樹。黃色花。我在這裡像一個渾身不對勁的廢物。我現在滿腦都是野草。雙腿被蚊子叮咬一個個包。樹膠店、順利鐵店。東一點。西一點。就七點了。用力刷掉。三十年。四十年。冷氣太多。不能吹的。對有錢人的厭棄。

拔好草了。熱吸收了一切，吸收了萬事萬物，吸著我的乳房，我的肚臍，吸了我表皮嘴唇頭髮的全部水份，每一件衣服都要被太陽吸過。

白粉人偷跑進來，看有什麼可以拿。

蜜蜂飛進我老母親的房間，飛進了行李箱，飛進了白米醋。飛進了時鐘裡。

我老母親移動，以非常緩慢的聲音。非常地緩慢。

留下來的蝴蝶，浪費掉的眼淚，叫不醒的鴿子，都睡著了。南南西風把東西都帶走了。整整齊齊的床單。等我去探望你的乾旱。

海浪很薄。風很厚。海邊能往上長的只有椰子樹。被風吹裂的葉子。我暫時脫離了台北。脫離了收容所。脫離了餵貓清貓砂。可我卻覺得自己變薄了。好像不在這個世界上。我媽媽也越來越弱了。

在陰天的海風裡，高掛在樹上的椰子。從綠變黃，然後撲通掉下來。

我的身體在陰天的海了。那泥色藍色的海。

七月了，風變薄了。

風變薄了，太陽變厚了。太陽進到魚缸裡，變小小的。他們坐船來，坐了三天、二十天，做黑工，來這裡洗碗，老闆供三餐，沒有菜，只有剩飯，吃快過期的丸子、火鍋料。

水變薄了。蝴蝶飛進家。貓不睡床。不和我睡。要睡紙箱。穿了黃色毛衣的蜜蜂。

長角的青蛙是壞名聲的，有毒，戴了顆假珍珠在頭上。牠身上有閃亮的藍色，如果你夢見被牠咬了，會有好運氣。

沙灘上有很多的洞，浪痕，沙很軟，很細，陰天的海，晚上跑出來的螃蟹。

沒有人的泳池，我自己一個人的全部水道。陽光透進泳地。有水花的波紋。

我一共幫我媽媽買了三次彩券。

這裡蟲很多。很多。

在砍掉的芭地，有一座古廟。這裡華人很多，牙齒不整齊的老闆娘很會拉客。飯很難吃。從消防局旁邊那條路進去就是舊碼頭。已經斷掉一半的橋。南中國海的浪很大。很大。印度工人不怕曬。烏鴉姐姐咬破了垃圾袋。巴士站後面的海邊。停了一排的破船。都是髒水。一排餐飲攤販排放出來的污水。還有收費廁所。

我才不要來這個又鹹又辣的地方，兒子說。

老舊摩托車的嗒嗒聲。

沒有風，雨很大。貓在桌子下躲雨。雨很大。很大。

我媽媽現在張大嘴巴在睡覺。睡得很熟。她躺在躺椅上就可以睡。她現在走路變很慢。非常地緩慢。時間也習慣了這種慢。時間在她體內塞了很多的藥。讓她的腿沒力了。時間獨來獨往。時間一口一口的漆黑。千變萬化的漆黑。

我媽媽坐在地上用剪刀剪草。後來用手拔。要連根拔起她說她和草有仇。她坐在地上一小塊一小塊的拔。我沒去幫她。蟲很多我說。就走開了。我媽媽做的事我都不喜歡做。她花很多時間做這些。我不會。我習慣做我自己的事。我不拔草不種菜不幫她包水果。

乳黃色的牆壁。淺綠色的地板。全部顏色都是淺淺的。床單、枕頭巾、鏡子。玻璃門窗沒有擦。雨停了。洗了薄薄的陽光。薄薄的窗戶薄薄的髒。

路邊那種扁扁的野草，被人踩幾百次都還是放射狀。穿睡衣的老闆娘妹妹，姐姐在洗碗，前面有個小魚缸，有紅的、綠的、紫色的魚，水很濁，和咖啡店的牆一樣，更高的牆上有老闆高中的畢業照，隔壁是國家元首的照片。菸櫃前是禁售菸給十八歲的海報。老闆娘說那些魚是新的，新買的。牆壁是新刷的水漆，本來是被燒焦的牆。

攝氏二十八度起風。

放了白狗。牠興奮地跑著，什麼主人都不重要了，狂奔再狂奔再吃到呱啦喀啦倒下來的乾飼料。

陽光興奮地灑下來。風啊雨啊都不管了。

地上很多的積水。很多老舊的摩托車。很大聲。很臭。

有座菜園。他們弄了座菜園。蜘蛛網護住了那水池。

那口真正的井。護住了半個月亮。

雨下了一下就停了。地上很多的積水。那些東西已經浸很久了。很久了。你看到那座藍色的金山嗎？從以前就看得到了。

媽媽你不要再擔心了，我去把我的刀找出來。慢慢就會磨利了。把它砍下來。那些壞聲音，等一下。等一下。等成我媽媽那些一罐又一罐的藥。吃下去也不會好的藥。

那些藥早就混在童年裡。混在那些夜晚裡。黑色安靜地飛去海上了。黃色的日落長大了。海的垃圾、樹葉、西西南風，歸隊了。去南南孤島。

中間打著好運結的船，出海了。

這條路就像我講的這樣，在我媽媽的房間外面。說再見、再見。

我抱著我的媽媽。慢慢走。月亮在動。

月亮上山了。都是濕的。我抱著我媽媽。

我們上山的時候，已經知道乾旱了。那時候是我媽媽帶我去的。她帶了一堆食物。她唱著我們沒有人喜歡的潮州小調。上山的時候只能低著頭走。一步一步地走。只能走上去。

我們都被山河水附身了。那麼多年來都沒乾旱過。

穩定的南風。成群爬上我媽媽的床。和我媽媽睡在一起。

大部份的小船都回來了。烏鴉飛進我台北假媽媽的身體。片片斷斷的回憶和野草一樣。那裡面有花。一切會自然熟成。也自然凋謝。

在很多的來來回回之間。在很多的落雨落葉之間。慢慢地，風會吃掉全部東西。從左到右刺穿你的頭。你的身體。媽媽不要走。不要死去。

稻子的下面都變黃了。下不完的細雨。黃色的枯萎，很快會爬滿全株。烏鴉哈哈哈哈地尖笑著。越笑越尖。此起彼落。在高於人類很多的樹梢上。在取笑人類。

越大棵的樹，葉子越小。皮有一點粗。枝葉很鬆。枝頭的風就掉了。那些破舊。

你到現在還在作畫家夢。你吸滿太陽的手更麻利了。又有著你落後的瘋狂。

蜜蜂飛進紅樹林。經過我四姨的廟、汽球財神爺、上大橋、過武吉港腳、大水霸、木棉花樹、幾百幾百棵椰子樹、油棕樹、一下就過完年了。我怕過完年的空洞。怕目送一個個兄弟姐妹的離開。幾頁的時間一下子就翻掉了。變成一首三行詩而已。停在外面草地上。一下被車輾走了。

大轉彎的義山處有一棵大雞蛋花樹。經過榴槤園小屋。整大片黃色的雞蛋花種植場。就上通往機場的高速公路了。我就要帶著我的落後上路了。

阿美，我回去過了。這些都是我偷來的春天。我偷來的媽媽。我抱著我的媽媽去到了樹林的深處。到了泥土的深處。沒有日光就自然閉合了。和花朵一樣。我們就住在那裡。

兩棵樹。一條河。白茫茫的山霧。

那棵樹就倒了。

我的靈魂。我們永遠不分開。我把我媽媽的衣服穿在身上了。我到死也不脫下來。

我生來是夏天

我生來是夏天。親密如母親的熱。生長在赤道的熱。前生的熱。二十年前的熱。都在我腦幹裡。這就是故鄉的熱。我開始想寫這種熱。那時候熱是精瘦的，現在身材走形了。像時鐘原本很準，慢慢不準了。不準的熱。變慢的熱。把回憶裡的熱耗盡，就不準了。那人生的時間漸漸失準。跟視力一樣花了。跟我媽媽的臉一樣變了。

我自己的臉也變了。我把熱帶在身上。把熱帶來了。我到台北那地方的人大部份喜歡冬天。越是冬天，我越是寫盡腦幹裡的熱。沒有人知道熱對我的重要。或是冬天對我的掏空。我越是想寫這種熱，我此生二十年的熱。像壞掉的米浮在水面，準備被別人倒掉的壞米粒是我的熱。人們一心一意要掃除的熱是我的白米。

我把熱一匙匙鏟回自己身體。一心一意要把熱復活，一心一意要復活心裡的故鄉。在離開故鄉的二十年裡。隱隱的、滿身的熱。那塊熱打開了。滿滿都是字。一百多個字。一千多個字。一萬多個字。慢慢地失焦。跟時鐘一樣不準了。二十年、三十年過去了。成了一條狗牽繩。緊緊地拉扯著我。

我坐在我爸媽的照片旁，陽光站在我台北從沒洗過的紗窗上。陽光被高樓層稀釋掉了，剩下一個屋簷的斜形。陽光舔了那些灰塵。那比鐵還硬的熱穿過了我現在的身體，劃破了我的頭。我在台北吸洗碗精的味道、吸掃把的味道、吸拖把的味道。那些味道塞滿了我的嘴、我的耳朵。還有台北夏天冷氣機轟鳴的噪音，塞滿了我的肺我的耳洞。台北晚落的太陽、晚起的月亮、晚開的杜鵑花疊在我的髒紗窗上。我靜脈曲張的腿疊上了我媽媽的老人腿，我的臉疊上了我媽媽的老人臉。在我弟弟結婚用的風雨帳篷裡，我媽媽的膝蓋骨頭肌肉都萎縮了，他們站在那裡成了一張照片。那艘破船很久沒人開了，舀掉船身裡的水，又一點一點變輕了。

照片裡的陽光照耀了我的臉，照片裡的地平線消失了。老舊的漁船發出刺耳的破馬達聲嗒嗒嗒嗒嗒嗒把我驚醒了。照片裡的陽光繼續照耀，我們出發了。拐了個大彎就再也看不見老家的土地。

照片裡沒有可以問路的人。深藍色屋頂下的一切，之後都被拆除了。將照片裡的一切安排得妥妥貼貼的爸爸媽媽，在那裡扎根了，成了一張郵票大小的家。很多很多年後我才看到那張照片，照片裡的媽媽笑得很開心。他們坐在新娘車裡，我弟弟在照片裡吹他的二手喇叭。破喇叭聲很吵。

我穿過爸爸媽媽的中間，我早就去過那裡很多次。照片裡的新娘花束持續地綻放。我穿過那一排排親戚的目光。闔上眼皮，照片裡開始下雨，雨一滴一滴溶解了家裡多年的噪音。他們在我手裡縮成一張照片，被壓得平平的。

我現在和我媽媽的照片睡在一起。下雨的午後我媽媽都會睡午覺，我睡在她身邊。那些螞蟻來回爬著，爬上我大腿。那裡的螞蟻和台北沒有兩樣。一樣的細小、一樣的黑、一樣容易被捏死。

在台北沒有日照的陽台，盆栽植物都要死去，剩下的那些耐熱耐旱還要耐陰又耐潮。這樣的生存條件不容易，跟我一樣不容易。越窮我越有鬥志，越可以被風雨吹打。一身濕，潦潦草草的一身濕。沒有雨，那些人還是躲在傘裡。我跟他們不一樣，我和那朵貓大花貓碎草一起睡，我睡進我爸媽的照片裡。

我的手摸在那隻貓的身上就倒出了這些，就生出我新的手、新的臉、一塊花布。我的手摸在我爸媽的照片上，就沒有別的衣服了。天生不會打扮，天生不是城市人。我回頭去吸那隻貓，吸了又吸，把自己吸成一塊髒抹布。去瀝一瀝水用力地擰乾，又一遍一遍來擦地板。

那故鄉常見的紫花有好幾種顏色，會自我繁殖。在我的台北陽台卻越長越細瘦，葉子越長越小，變成畸形的侏儒，最後完全死了。我媽媽砍香蕉葉撕裂出來的青汁老遠就噴了我一身。那香蕉只吃雨水，吃雨水就可以長得很好。台北的花很難養，動不動葉子沒水。土太小了。

還有故鄉常見的日日春，單薄的五片花瓣很醜。在外公家前沙子地上，水泥地裂縫處，有毒的。在台北多年後可以接受這種醜，因為沒有其他比它好看。慢慢也想種它了，種它的生命力。買兩株回來，一株很快死了，一株總是要死不死的模樣令人心煩。台北種不得花，現在的花不開了。我不開了，綠成一片。

我想要摸到泥土。那些都是老泥土。一整首詩都是老泥土。我媽媽帶我去燒它。在那裡我就孤獨了。就活了下來。

我現在三不五時都在打掃，把我自己掃進照片裡。三不五天都是打掃日。我請不起打掃工，我沒他們好命。我媽媽已經成為我身上的汗腺，動不動就要出汗，像汗一樣黏在我身上，洗個澡又來了。我收掉衣服，再晾。洗衣機空了，又放下一批。我躺在床上，覺得一天已經被兒子用完，被掃把用完。

我想去找我媽媽。去那個有泥土的地方。等我們休息夠了。把夜晚埋進去。全部都埋掉。埋成沒有名字。埋成小時候的泥土。和我媽媽同一塊的泥土。

昨天的粉紅色。很不順利。雨進去了洞裡。那些髒的泥土。黑色融化了。被雨洗掉了。黑色被洗得最快。被沖刷得最快。粉紅色也渾身濕透了。

我又作夢了，浸在我媽媽的手裡。通去我媽媽的粉紅色。

媽媽的粉紅色眼睛。要沉默很久的時間。時間緊緊閉住了粉紅色的明亮。

那些難看的缺陷，已經發黃去了。
發黃了就掉了。鬆手了。變小了。看不見了。再見，下次再見。
阿美，我會把我的褲子穿得像工地工人那樣破爛。用我一身的破爛去擠他們的光鮮明亮。和他們說再見。祝他們什麼都不好。

我媽媽去鬆地了。天氣很好。很自然地想睡覺。
那塊地。沒有名字。
那條河。是我自己的房子。是我媽媽的房子。
那每一個夜晚，一個一個堆放起來。成了一雙年邁的黑眼睛。
但是河更年輕了。冬天也更年輕了。飛快地往前奔走。
孤獨越來越結實了。風變稀疏了。
我天生的溫順已經縮成盆地。沒水了。
我的眼鏡越戴越重。滲出一個黑眼圈。立刻就混濁了。

我在假媽媽的懷抱裡睡了一千年。我就在她懷裡。什麼地方都還沒去過。我當時幾歲已經忘了。我很小很小。

我的假媽媽睡很多。舔我的手。盛開他的柔軟。坐在我手心。

假媽媽給我結實的樹皮。新鮮的樹葉。

假媽媽身上那件新衣服，其實是一片破葉子。飛來了全世界的烏鴉。

我的假媽媽長得很醜。鼻子有三種顏色。黑色橘色粉紅色。嘴角上有一顆很大的痣。

臉上身上混著黑色橘色淺橘色白色。是神的失敗作。但是很溫暖。我喜歡看她的醜。因為她是我媽媽。媽媽的醜是溫暖的。那個醜百看不膩。每天都想湊上去緊緊地吸她身上的溫暖。吸那種自然的醜。

我只有一點點粉紅色。是正常的。我媽媽叫我去鋤草。各處的大路、小徑。鎮日不停的乾燥。

我的老媽媽，已經熟識了這些懶散。

我想去找我媽媽。去那個有泥土的房間。
我想和我的媽媽一起睡午覺。睡起來吃水果、有甜湯喝。
我沒想到自己脫離不了媽媽。每天要和媽媽一起睡。我這媽媽雖不是人臉，但有野草的味道。
和媽媽每天鬼混。非常有血有肉的生活。在台北人工白的生活中。我這假媽媽又醜又臭，才正常了一切。我聽到我假媽媽強壯的心臟了。全世界最強壯的心臟。

阿美，我們合力。你的生日，我們合力攔住那些光。用一個蠟燭的光。去寫一寫詩。有太陽。還有隔壁每天鍥而不捨的洗衣聲。
我現在努力把那些零碎東西組合成人們看得懂。把那些不順利的粉紅色組裝一下。我現在和我的假媽媽在一起。她是我的外接心臟。強大的火車。

搭上這台火車你便沒有煩惱。睡著了就沒有煩惱。

我喜歡和我的假媽媽一起睡。吸她的毒。和她撞頭。我一定讀過這些。我在那裡喝過水。休息過。粉紅色順利了些。我在假媽媽的肚子聽到了很多聲音。很多柔軟的聲音。

柔軟千百萬遍的聲音。千百萬遍的親暱。

我把耳朵貼在她的身體上。光就碎開。暖暖照亮我。等我們休息夠了。把它埋了。全部都埋掉。埋成沒有名字。埋成小時候的泥土。和我媽媽同一塊的泥土。

媽媽，我們的泥土，什麼都沒有長出來。

照片裡的那艘船上，破舊的漁網很多。一刀一刀就割了時間。時間都是受過傷的。時間的病時不時就要發作。讓人產生了錯覺。讓我的翅膀折斷了一根。時間的黴菌一圈一圈。人們持續地遷徙。像除不盡的草那樣。一直到夜晚的遠方。到太陽出來。

我的老媽媽，已經熟識了這些除不盡的一切。把昨天的時間埋在自己身上。

風變薄了，太陽變厚了。剛來的陽光。照在老泥土上。老泥塘，這就是你的眼睛。

照片裡的新娘車靜靜開動了，土星環套住了他們，縮成一枚婚戒。我在那照片裡住過。我們一起坐上了車，迎風駛去。

我媽媽會再次從照片裡返回。從照片裡很遠的地方傳來叫我的聲音。我一次又一次在照片外面掃地拖地，跟死魚一樣變了色。我載上我媽媽，那些燕子飛過的路線來回成了一條山脈。我永遠飛不過去。

我媽媽快成破布了。我身上的木炭已經用完。冷氣機的廢水滴在我拖鞋上。可能是冷氣的廢風帶來的，可能是我自己帶來的。疊得整整齊齊的照片，疊了我的叛逆。我越來越多的不順從撐出了一個三角形，放在路邊的三角警示牌。一閃一閃的，大家都繞它而過。

我已經毀了我爸媽的照片，延長了我自己的噪音。噪音我一次一次打包在台北市垃圾袋裡。

摸摸照片裡的頭，摸了摸外公的臉。我站在我媽媽的盛裝華服裡，在金色回教堂的屋頂上。我從爸爸媽媽的結婚照中間穿過，他們沒認出我。

風一次又一次把照片颳走了。留下我媽媽的顫抖。留下一隻一隻螞蟻在我身體爬上爬下。

媽媽，我準備要去游泳了。要變成一顆海砂。一陣熱風。變成沙子一切都看不見了。

那些荒蕪了的堅硬。那些堅硬的刺。

那些老蜘蛛躲在樹上。大樹少了。就剩那些雜樹而已。

瘋長的雜草雜樹。是給蜘蛛蚊子住的。還有那些野蜘蛛、長翅膀的、沒長翅膀的。住進了那些空掉的照片裡。推土機、挖土機都在那裡，那裡崎嶇、三天的崎嶇、十天的崎嶇。那滿滿的字。一百多個字。一千多個字。一萬多個字。那些句號、那艘破船，就要被人們鏟平。我揮汗鋤的地、手脫的皮、蹲著的膝蓋骨，黃泥土滾滾。埋了我的黑眼圈、我的嘴巴。我的臉被吹開了，那張照片被吹開了。我爸媽的照片破了。

蝴蝶破了。破在煉油廠的噴火口。兩隻蝴蝶在那裡，卡在那裡。

陰天。薄薄的陽光。木薯葉。芭樂樹。全部的野草。薄薄地穿過了我們全部人的身體。真正穿過了衣服皮膚內臟。稀稀薄薄的。太陽平靜了我，這種土生的熱平靜了我。我過了每天要過的馬路，過了綠燈。那孩子吸鼻涕的聲音，鑽進我的肺，令我想咳嗽。一大片污水從陰溝裡湧了出來。

我在我媽媽房間外面喊她。媽！我要走了。

他們把我拉上了船。要出發了。

那喊聲持續了很久。爬在大樹上。變成啤啤鳥飛走了。

我跌了跤，髒了手。家裡也收拾好了。人一生的髒屁股、髒腳、髒嘴巴，都要髒的。雨下了一下就停了。洗了薄薄的陽光。薄薄的窗戶薄薄的髒。地上很多的積水。那些東西已經浸泡很久了。我睡著了，我的衣服睡了。我媽媽在叫我，從照片裡叫我。

我穿了一件破舊的船衣，把爸爸媽媽收在我口袋裡，在我掌心裡。我在我掌心寫滿了字，像個瘋子一樣。晚安那張照片，一場一場消失的婚禮。一頁接一頁回到床上，回到岸上，回到昨晚。我和夜色一起擦乾身體，用一塊小小的肥皂一起洗澡。我抱著我的貓在一起睡。去睡覺了。一切都已經關得緊緊的。

我媽媽就落在我身上。我的貓開了一條破船來接我。破船向前駛，冬天往前開。照片裡的一切像枯萎的花瓣那樣掉了下來，一點聲音都沒有。完全不打擾別人的。

我媽媽的手從照片裡伸出來摸了我的頭。

剩下的台北，是我要和我的貓在一起的。

剩下的那一張照片，沒有時間去廢話了。

我走的時候是陰天

我要離開陽光之地了。到只有一半陽光的地方。我的身體也將縮成一半。一半是貓。用只有一半的身體活著。一切都要比較用力。

我離開的皮箱已經準備好。準備空下來的房間。椰子殼做的大床扎實無比。空房間開始有了回聲。啤啤鳥停在桑椹枝上。和枝條的顏色很近。班蘭葉一紮一紮。很接近泥土。會種東西的人鬆了泥土。鬆了自己。泥土一塊一塊。灰黑色的。被鋤頭鋒過的痕跡。

回收場的義工福金蹲在那裡弄土。被鬆過的土重新被插上新枝。問他怎不種菜？種菜沒有那麼容易種的。他們不要菜。要種好看的、種美的。福金插上了那種葉子有點點淡紅色的綠葉。種菜會有蟲。這種不會。

我知道我離開了這裡，去哪裡都是一半。回去那個只有一半的房子。
我告別了那棵像手指的桑椹樹。樹上偷桑椹的黑鳥黃鳥藍鳥。
我要出發了。已經收拾好的呼吸。又打翻了。
陽光漏了過來。顯出了皺紋。薄薄的皺紋。
那些幻覺挨得很近。你必須費力地逃開。停下。停下。把你的名字說出來。放過你。

發明一顆藥給自己。永遠有效的藥是媽媽。不管真的假的。
我有兩個媽媽。是一種新思想。新感覺。是一種反藝術。為了追尋這種自由。我不用學院派的寫法。我自己把那個地方鬆掉了。

六點，天已經很亮很亮了。很多很多的房子，很多很多的雲，和我一起走了。

陽光悶在雲後面。啤啤鳥在停機坪上。我縮在我媽媽的骨頭裡。她瘦成一根小腿。我在裡面抱著我的台灣媽媽。在飛機的氣流噪音中我寫了這抱在胸口的媽媽。全部東西都在往後退。退成一座座山。一朵朵雲。一塊塊石頭。最後安放在那座一半是石頭的廟裡。

石頭廟在我媽媽娘家那邊。廟很小。只容得下一個信徒。小到外觀都看不到了。外頭加蓋了一個又一個遮雨棚。放了很多桌子椅子。

石頭廟的香火亮著。在黑夜中一直亮著。有個叫阿菜的長年女工會仔細替換上新的燈芯座。沒有間斷過。每一天的清潔擦拭。沒有斷過。阿菜的雙眼幾近盲了。但她認得出我媽媽的聲音。我媽媽也不去石頭廟了。我每次回來，會去拜一下。無所求了。我已經有兩個媽媽。冬天夏天各有一個。再無所求。

我走的時候是陰天。我帶著當時的陰天走了。

世界上的陰天還會一直重複著。

我好像看到我媽媽的死亡、我的死亡也是在一個陰天。我來了又走都是這樣的陰天。

這樣的陰天在我死後也會這樣重複著。

這樣陽光的強度。已經過河了。已經破損了。一排又一排的破損。

已經失去了屋頂。已經歪斜。

長長的斜三角形。

我的手摸了摸陰天。遠方的油棕樹。又洗掉了。

我要從太陽之地到月亮之地了。那裡的光都是人工的。機場千萬個刺眼的燈泡。一路上紅的藍的黃的在夜色中假的光。

六點，天就這麼亮。我看見了飛機的形狀。搭機的隊伍。那些吸在飛機上的附件。一個一個緩緩地脫離。機翼燈一閃一閃。一個個的貨櫃。地上明顯的跑道線。正要起跑的一切。

那些草已經長高了。我很清楚地看到跑道。無人能阻擋的大跑道。

我回想我的夢。寫東西的晚上我都會作很長的夢。夢見雙手都是傷口。

我一定要去那個有水的地方。有搖籃的黑水溝。船又出海了。

我花很多時間和第二個媽媽在一起。此生最多的時間。

我每天黏這個假媽媽。吸這個假媽媽。吸她的臭味如新。吸她從毛尖到皮下的空氣。

我的假媽媽，要多溫暖有多溫暖。要多少詩有多少詩。我睡了。石頭野地。吸蜜鳥。吸蜜小鸚鵡。

我每天黏這個假媽媽。吸這個假媽媽。只有這隻貓，穿透我的身體很多次。等阿美把牠的臭氣衝進我腦門。能夠和這樣混身臭味的人在一起很令人放心。

媽媽，我去的地方夠強壯了。只要有這些貓在我什麼都不怕。阿美是世界最強大的火車。世界上最強悍的火車。我坐阿美的火車出去了。火車的聲音是我們靈魂相通的聲音。媽媽，有這樣的貓在還要擔心什麼？

我的大腦爬進阿美的身體裡面睡了。就會自動把東西寫完。我寫東西很容易。普通房子、普通小窗戶。你的小窗戶黑玻璃大眼睛把我吸進去吧。死的時候要是能這樣看著一隻貓。靈魂被吸進他的眼睛裡。

我的畫太多了。畫的都是同一隻貓。都是媽媽。都是小窗戶小房間。

在我發白日夢的時候，等我媽媽煮飯。等她餵我。等貓一遍一遍地舔毛。等看不見蝴蝶的手舉起來。等我媽媽罵我作夢。等那個頑固還沒出生的我在貓的身體裡漸漸長大。

已經長大了，媽媽。我的船。

水退出去，陸地長出來。乾燥成沒有奶水的船。

我還有好多東西要寫。還有好多一堆一堆拿去燒掉。透明的甲蟲娃娃。透明的椰子樹。透明的游泳。被風吹散的透明。一個一個被吹走了。往東飛。往東飛。

一群一群的黑暗。已經不冷也不熱了。翅膀都焦了。碎開了。

至死都無法停止的搖晃。東奔西跑停不下來。

因為我的頭腦半個月亮已經損壞了。我一半要做人做的事。一半奮力活下去。你不知道，要畫畫是一件多奢侈的事。像五個月亮那樣奢侈。神會把夢收回去。你會變成什麼夢也沒有。那些愛一千次的愛、恨一千次的恨。也會被收回去。

一直到夜晚的海邊。成千上萬的蟲子、螃蟹，就在泥沼裡。在黑暗裡。住過的房子。睡過的床。最孤獨的房子。最孤獨的字。除不盡的孤獨。

阿嬤的手拜過很多神。我們的手沒有拜了。
阿嬤家蟲很多。去曬太陽成為白狗。成為窗口卡在那裡。
那些從小開始，除不盡的草。剛來的風。說得那樣大聲。
船很舊了。被風吹散的透明。一個一個被吹走了。往東飛。往東飛。

現在跑吧。可以放心的跑了。我的假媽媽，每天都會再次成為我的假媽媽。

每天都會再次看穿我。看穿我的薄弱我的單薄我的假強悍。
我忘記那個又高又瘦每天作考數學惡夢的少年了。
我有六隻腳。和昆蟲一樣。
我將沒有父親。全部都是媽媽。

後記

那隻像母親的蝴蝶

那隻像母親的蝴蝶
像你自己的蝴蝶
乾皺的圖案
縮在裡面的風，縮成兩隻耳朵
你用手摸不到。兩隻蝴蝶不會一起飛

已經撐破皮了，小小的北風
北風噴在臉上，模糊了你自己
兩隻蝴蝶在那裡，卡在那裡
在大火山口，有泥漿、火山灰
土太小了，一下子就死了。這雙手還活著
陽光請進來吧，我們的母親都很窮

老西風、西西南風，把我母親送回來
剛來的陽光。照在老泥土上

西風已經開始吹起，或許它下山時迷了路，一團憤怒的風
全部都歪歪斜斜了，在河的兩岸
紅樹林的氣味，千千萬萬的無聊
浸濕了，陽光的乾烈

他們放學時會唱歌、會背流利的乘法表
九九八十一、八八六十四、七七四十九
在我夢裡那些高高的樹，都被砍得七七八八了

屋外有乾地，有大而透明的風

旱季很長。成群成群的乾燥，但是有鮮艷的蝴蝶。發出憂傷的振翅聲。
這是枯死期。果實採收後，樹就要枯死，不規則地碎裂開來
西風已經開始吹起。或許它下山時迷了路。一團憤怒的風。
一層乾厚葉，全走了樣
下了旱雨，蟲子就飛來了
兩隻蟲子不會一起飛

風漸漸沉重了。靜悄悄了。
為你讓路。普通的船。全部都歪歪斜斜了。在河的兩岸。
紅樹林的氣味。千千萬萬的無聊。浸濕了。陽光的乾烈。

黃昏，他們開始燒葉子
爛掉的東西成群飛舞者，有怒氣沖沖的東西

枯葉、石塊、腐木，就裂開來
吸蜜鳥、吸蜜小鸚鵡，南南西風

南南西風把乾燥帶來了
乾燥掉進大火山口，風力加強了
南南西風穿過了一群烏鴉，變成老西風了
那些野蜘蛛，長翅膀的、沒長翅膀的，進了母親的空房間
二二四、三三九、四四十六
這些熟悉的東一塊、西一塊
吼不出聲、所剩無幾

已經起飛了，像母親的蝴蝶
成群成群的鮮艷
很整潔、很磽薄、很合身

文學森林 LF0202

我生來是夏天

作者

馬尼尼為

馬來西亞華人，苟生台北逾二十年。美術系所出身卻反感美術系，三十歲後重拾創作。作品包括散文、詩、繪本，著有：《今生好好愛動物》、《多年後我憶起台北》、《帶著你的雜質發亮》、《我不是生來當母親的》、《以前巴冷刀・現在廢鐵爛》、《馬惹尼》、《我的美術系少年》、《馬來鬼圖鑑》等十餘冊。

二〇二〇年獲OPENBOOK好書獎「年度中文創作」；桃園市立美術館展出和駐館藝術家；二〇二一年獲選香港浸會大學華語駐校作家、國家文化藝術基金會〈臺灣書寫專案〉圖文創作類得主、鍾肇政文學獎散文正獎、打狗鳳邑文學獎散文優選、金鼎獎文學圖書獎；二〇二二年繪本《姐姐的空房子》獲選THE BRAW（波隆那拉加茲獎）100 Amazing Bookshelf、台北文學獎年金類入圍；二〇二三年《癌症狗》獲全球華文文學星雲獎報導文學獎、《如果你問我收容所做志工遇到過的死》獲鍾肇政文學獎報導文學獎。

曾任臺北詩歌節主視覺設計，作品三度入選臺灣年度詩選、散文選，獲國藝會文學與視覺藝術補助數次，現於博客來OKAPI、小典藏撰寫讀書筆記和繪本專欄。同事有貓兩隻：阿美、來福，每天最愛和阿美鬼混；也是民間動保團體義工。

Fb/ IG / website : maniniwei

封面繪圖　馬尼尼為
封面設計　張巖
版權負責　李家騏
行銷企劃　黃蕾玲、陳彥廷
主　　編　詹修蘋
副總編輯　梁心愉

初版一刷　二〇二五年六月三十日
定價　新台幣三百六十元

ThinKingDom 新経典文化
發行人　葉美瑤
出版　新經典圖文傳播有限公司
地址　10045臺北市中正區重慶南路一段五七號十一樓之四
電話　886-2-2331-1830　傳真　886-2-2331-1831
讀者服務信箱　thinkingdomtw@gmail.com
Facebook粉絲專頁　新經典文化 ThinKingDom

總經銷　高寶書版集團
地址　11493臺北市內湖區洲子街八八號三樓
電話　886-2-2799-2788　傳真　886-2-2799-0909
海外總經銷　時報文化出版企業股份有限公司
地址　桃園市龜山區萬壽路二段三五一號
電話　886-2-2306-6842　傳真　886-2-2304-9301

我生來是夏天 / 馬尼尼為作. -- 初版. -- 臺北市：新經典圖文傳播有限公司, 2025.06
240面；13×19公分. --（文學森林；LF0202

ISBN　978-626-7421-93-2（平裝）

855　　114006106

本書獲財團法人國家文化藝術基金會創作補助